EUGÉNIE FOA

LES RÊVES GRACIEUX

DE L'ENFANCE

LIBRAIRIE LOUIS JANET

MAGNIN BLANCHARD & C.ie

Rue Honoré-Chevalier, N°3.

PARIS

LES

RÊVES GRACIEUX

TABLE

Pages

Le Jour de l'An... 1

Le Petit Ange de Noël... 13

La Cloche de Pâque.. 25

Les Vendanges... 33

Marguerite, ou la Sainte-Catherine............................. 48

Le Bouquet d'Anniversaire, ou le Bouquet de la Grand'-mère..... 56

La Saint-Nicolas.. 66

Paris.—Imprimé chez Bonaventure et Ducessois, 55, quai des Grands-Augustins.

Gardez ! Gardez mon enfant ! C'est Dieu qui vous envoie vos
étrennes !

LES
RÊVES GRACIEUX
DE L'ENFANCE

PAR

MME LOUISE LENEVEUX

Orné de 8 lithographies à deux teintes

PAR E. VALLET.

PARIS

MAGNIN, BLANCHARD ET Ce, ÉDITEURS

(LIBRAIRIE LOUIS JANET)

3, rue Honoré-Chevalier

1861

LE JOUR DE L'AN

LLONS, allons, mes bons amis, il est huit heures, levez-vous!
dit M. Vernier en soulevant le rideau de mousseline blanche
de la chambre où dormaient paisiblement Charles et Thérèse;
vous savez mes enfants ce que je vous ai promis pour
aujourd'hui !...

On était au jour de l'an, ce grand jour si fameux dans les
annales des enfants! où le bonhomme Étrennes vient les
visiter les poches pleines de bonbons... les mains garnies de ces riens délicieux... de ces surprises charmantes qui font le bonheur et la joie des heureux
privilégiés... pendant une journée au moins!

Nos deux jeunes enfants ne se le firent pas répéter deux fois: ils sautèrent en bas
du lit sans faire la plus légère grimace, sans se plaindre du froid, comme de
coutume, mais au contraire, babillant, gazouillant comme deux jolis oiseaux sortant
du nid... L'un avait rêvé cheval à bascule, sabre et fusil... l'autre une poupée...
qui parle!... le fauteuil pour l'asseoir... le lit doré pour la coucher!.....

Or voici la promesse que leur avaient faite la veille leurs bons parents, en récompense d'un morceau de musique exécuté passablement par Thérèse sur le piano,
à l'occasion du jour de l'an, et d'une pièce d'écriture, moins bonne peut-être que
l'écriture ordinaire du petit Charles, mais qui pour deux enfants, l'une de sept ans,
l'autre de cinq, n'était pas sans mérite. M. et Mme Vernier avaient promis

une belle promenade sur le boulevard; puis une séance chez un des plus grands marchands de jouets du quartier de la Madeleine où l'on devait dépenser chacun la belle pièce de vingt francs toute neuve, que leur avait donnée la veille une bonne tante qui les aimait fort, et les gâtait encore plus fort.

Les deux espiègles furent lestement habillés. —Bonjour, mère! dit Charles en courant le premier se jeter au cou de madame Vernier.—Bonjour, maman! fit Thérèse à son tour,... vois comme nous sommes exacts!...

—Oh! je n'en attendais pas moins de votre part, dit en souriant la jeune mère. Partons, enfants,... partons!...

Le père et la mère se placèrent au fond de la voiture de louage que Justine, la bonne, avait été chercher, et les chevaux se mirent en marche de leur allure la plus paisible.

L'on s'arrêta à l'entrée du boulevard de la Madeleine.

Thérèse et Charles côtoyèrent alors les superbes magasins, regardant de leurs yeux les plus ouverts, s'exclamant hautement; ce qui faisait sourire plus d'un passant.

C'est que le public ne pouvait deviner à la mise soignée et recherchée de nos deux jolis enfants, et à l'extérieur distingué de leurs parents, qu'ils sortaient d'un quartier où le luxe des magasins et des marchands est à peu près nul. M. et Mme Vernier habitaient le haut du faubourg Saint-Jacques.

Quand nos promeneurs eurent parcouru la ligne entière du boulevard, Charles et Thérèse commencèrent à réfléchir tout haut sur l'emploi de leur argent, car la bonne tante avait bien mis cette clause à sa petite offrande, *pour en disposer suivant leur bon plaisir.* Thérèse avait remarqué, en passant près du beau magasin, un bébé habillé en couleur bleue.

—Avant tout, dit M. Vernier en regardant sa femme et en tirant sa montre de sa poche, je serais d'avis de faire déjeuner ces enfants et de déjeuner nous-mêmes!

Dans leurs mœurs bourgeoises et modestes les deux époux, honnêtes commerçants, regardaient comme une distraction agréable un déjeuner dans un de ces magnifiques cafés dont le type est tout à fait inconnu aux environs du paisible quartier du Luxembourg.

Les enfants trépignèrent de joie en entrant, et furent bientôt assis à une table, près d'une fenêtre donnant sur les boulevards.

Nous ne ferons pas le détail de ce déjeuner de famille, il suffira de dire que chacun eut à son choix le plat qu'il préférait; quant à M. et Mme Vernier, tous les ans ce déjeuner hors de la maison, et passé dans leurs usages, leur rappelait dix années d'une union sans nuage, et ils ne sortaient jamais de table sans qu'une douce émotion de tendresse et de souvenir vînt encore ajouter aux plaisirs de cette fête de famille.

L'on allait se lever de table.

—Décidément, dit Thérèse à sa mère, je donne le choix au grand bébé habillé en bleu, dont les yeux s'ouvrent et se ferment à volonté et qui semble pousser des cris chaque fois que l'on presse sa poitrine... Oh ! quand Ernestine viendra, comme je serai fière de le lui montrer !... N'est-ce pas, maman, qu'il est presque aussi gros et aussi grand que le petit de notre maison qui crie si fort ?...

—Les filles, ça ne rêve que de poupées ! Elles n'en ont jamais assez, reprit Charles d'un petit air moraliste !... Des poupées !... il y en a plein l'armoire !... L'une n'a qu'un bras... l'autre est sans cheveux... celle que tu aimes tant et que tu appelles Clorinde n'a plus de nez !... Attends ! Si je cherche bien... il y en a encore une grande qui n'a pas de tête !...

—Et vous, monsieur ! dit Thérèse toute piquée et prête à pleurer de dépit du malicieux reproche de son frère... il faudrait aller voir dans quel état sont vos chevaux !... Ils auraient tous besoin de passer par les mains du vétérinaire.

En ce moment la porte du café s'ouvrit, et une jeune fille, d'une douzaine d'années environ, entra. Sa mise était propre, son maintien modeste ; elle tenait à la main un paquet de violettes que la saison rendait précieuses, et dont la charmante odeur parfuma toute la salle.....

Elle jeta un regard timide sur les personnes qui étaient assises autour des tables. Mᵐᵉ Vernier remarqua alors un enfant de sept à huit ans qui suivait la jeune bouquetière, en s'abritant derrière la robe qu'il tenait entre ses mains.

Apercevant le maître du café, elle rougit prodigieusement... mais elle se remit bientôt, car il s'avança près d'elle...

—Bonjour, mon enfant !... lui dit-il avec douceur... Allons ! allons ! ne vous troublez pas ainsi... Je ne vous empêche pas de gagner votre vie !... Si je chasse les mendiants et les paresseux, je sais à qui je m'adresse... et j'estime votre famille... Je connais tous vos malheurs !...

—Oh ! monsieur, répondit l'enfant avec des larmes dans les yeux, je sais que vous êtes bon... Vous n'êtes pas comme beaucoup de maîtres qui ne veulent pas me permettre d'entrer... non pas à cause de moi quelquefois, mais le plus souvent à cause de mon jeune frère !... Ils veulent que je le laisse à la porte !... en plein air... Il fait si froid, pauvre petit !

—Comment va votre père, mon enfant ?

—Toujours bien mal, monsieur Guérin, toujours bien mal !...

—Allons, ne pleurez pas ainsi... Revenez dans quelques heures, ajouta le cafetier plus bas, j'aurai du bouillon... quelques légumes frais...

—Oh ! merci ! merci ! le bon Dieu vous le rendra, fit la jeune fille en joignant les mains... pendant qu'une larme coulait doucement sur sa joue.

—Maman ! dit Thérèse, à qui une raison précoce et un excellent cœur avaient fait deviner l'ensemble de cette scène, je voudrais bien acheter de la violette... elle sent si bon !

Sans doute la petite bouquetière entendit l'enfant, car elle essuya ses yeux encore humides et, s'approchant avec un triste sourire, elle offrit ses plus beaux bouquets.

Sa pâleur et l'air de souffrance empreint sur son visage inspiraient un véritable intérêt; la modestie, l'honnêteté se peignaient sur son front blanc et pur, et ses traits, qui ne manquaient pas de distinction, faisaient penser qu'elle n'était pas née pour la profession qu'elle exerçait en ce moment...

Prends ces bouquets, dit Mme Vernier à Thérèse, prends-en plusieurs, puisqu'ils te font plaisir!...

— Oh oui! oui, mère, dit Thérèse, en s'emparant du paquet tout entier.

—Vous êtes bien jeune et bien délicate, dit M. Vernier avec intérêt à la petite bouquetière, pour faire un métier qui me paraît devoir vous rapporter si peu...

—C'est vrai, monsieur... Mais on n'est pas toujours maître de choisir!..... Si vous saviez par quelle cruelle alternative nous avons passé tous!... Il fallait trouver un moyen... ou mourir... Mourir! car nous sommes tous étrangers à Paris..... Il y a deux ans, mon père travaillait dans une fabrique, nous n'étions pas riches alors, mais du moins nous pouvions vivre... Ma mère l'aidait de tout son pouvoir en travaillant à de la couture; cela rapportait bien peu... mais je faisais le ménage... Frédéric, mon petit frère, jouait gaiement à mes côtés toute la journée... et moi je chantais quelquefois... comme si le malheur ne pouvait jamais nous atteindre!... Oh! quand je pense à cet heureux temps, je ne puis m'empêcher de pleurer... Mais pardonnez-moi, monsieur, et vous aussi, madame, car je sens mon cœur se briser... Enfin... pour achever... ma mère tomba malade la première!... Elle a succombé!... Mon père a eu tant de chagrin, que la maladie s'est emparée de lui... et je frémis en pensant que bientôt mon frère, ce pauvre petit être, qui me suit et s'attache à mes pas, n'aura plus que moi pour soutien! On voulait le faire partir comme mousse, sur le vapeur *la Foudre*, mais je ne l'ai pas voulu!... Mon Dieu! voyez-le, madame, si frêle, si délicat! Ne serait-ce pas l'envoyer à la mort? Pauvre Frédéric! pauvre frère!

—Mais, ma chère enfant, interrompit Mme Vernier, la maladie de votre père est-elle donc désespérée? N'y a-t-il donc aucun remède?

—Ah! c'est bien pire, madame! Les médecins disent qu'il n'a aucune maladie qui puisse se traiter; il meurt de chagrin et de manque du nécessaire, ajouta plus bas l'enfant en rougissant et en étouffant ses sanglots.....

—Maman, vint dire tout bas à l'oreille de sa mère la bonne petite Thérèse, dont les yeux étaient tout mouillés de larmes, maman, je veux lui donner mes vingt francs! Je ne veux plus de bébés... Ma poupée Clorinde est bien belle... elle me servira encore longtemps... Dis, veux-tu, maman, veux-tu?...

— Je le veux bien mon enfant, et ton argent sera mieux employé qu'à des jouets d'un instant.

—Oh! tu le veux! dit Thérèse rouge de bonheur; et tirant précipitamment sa pièce d'or de sa petite bourse, elle la tendit à la jeune fille.

Mais la petite bouquetière refusait de la prendre, lorsque Mme Vernier, vers laquelle elle s'était tournée, lui dit avec ce sentiment de bonté qui se peignait sur son visage : —Gardez ! gardez, mon enfant ! c'est Dieu qui vous envoie vos étrennes !

—Et moi je veux aller chercher tous mes chevaux pour le petit Frédéric ! Je veux qu'il ait aussi ses étrennes !... disait Charles avec véhémence.

—Bon petit cœur d'ange ! fit la jeune fille dont la figure s'était épanouie à la pensée de procurer à son père quelque soulagement. Merci ! merci, vous tous qui n'êtes pas insensibles aux misères du pauvre ! Dieu vous bénira, il conservera votre mère...

Et la pauvre jeune fille baisait avec une tendre effusion la main qui venait de lui donner cet instant de bonheur.

La petite marchande de fleurs fit une tournée et vendit encore plusieurs bouquets ; quand elle eut achevé le paquet entier, Mme Vernier la rappela près d'elle.

—Comment vous appelle-t-on, mon enfant ?

—Pauline Giroux, madame, qui n'oubliera jamais votre bonté !

—Écoutez-moi, Pauline. Votre sollicitude pour votre père et votre jeune frère me touche. J'aime les bons cœurs ! Sans être riches, nous sommes placés de manière à pouvoir vous être utiles, nous sommes fabricants-négociants. Si, comme j'aime à le croire, votre père revient à la santé, nous l'aiderons en lui donnant du travail ; jusque-là nous ferons en sorte que vous ne manquiez de rien. Notre maison est vaste, et plusieurs chambres, sans luxe il est vrai, mais commodes et bien aérées, sont maintenant vacantes ; M. Vernier, qui est la bonté même, ira voir votre père, et le déterminera à accepter cette offre... Et maintenant... à revoir, Pauline !...

—Maman, dit Thérèse aussitôt que la jeune fille fut partie, tu lui donneras aussi des robes, j'en ai tant ! Tu sais, ma robe à pois !... ma robe verte !... ma robe rose !... Oh ! je lui donne ma robe rose... qui est si jolie !

—Sois tranquille, mon enfant, le Ciel avait ses vues en nous envoyant cette pauvre enfant un premier jour de l'an ; ce serait les méconnaître que de ne pas s'y prêter.

Lorsque M. Vernier se leva pour acquitter sa dépense, il s'adressa au maître de la maison.

—Vous connaissez la famille de cette jeune fille ? lui demanda-t-il avec intérêt.

—La famille Giroux ! Une famille bien malheureuse et bien éprouvée, répéta le chef de l'établissement. Et les plus honnêtes gens du monde, ajouta-t-il en secouant tristement la tête. L'enfant et la jeune Pauline sont tous deux pleins de cœur et d'intelligence ; le père avait de la fortune autrefois, il était laborieux travailleur, mais il a tout perdu... Le chagrin le tue, et contre la maladie !... nul ne peut aller !

—Merci, monsieur, merci de vos bons renseignements. Je les avais devinés, on ne saurait tromper avec une figure comme celle de cette enfant !

Toute la famille sortit et se trouva aussitôt sur le boulevard.

—Maintenant, dit Mme Vernier, qui désirait faire une diversion à l'émotion pénible que la vue de la petite bouquetière avait produite sur ses jeunes enfants, maintenant nous allons entrer chez Hertener, le fabricant de jouets, où nous avons vu le bébé !...

—Mais, chère maman, dit Thérèse, tu oublies donc que je n'ai plus d'argent ?

—Est-ce que je n'en ai pas, moi ? reprit aussitôt le petit Charles en montrant à sa sœur sa pièce de vingt francs.

Les enfants firent le tour du magasin, non sans de fréquentes exclamations de joie et d'admiration, car toutes ces belles choses étaient rangées avec un art qui doublait la valeur de chacune d'elles.

Thérèse avisa d'abord une grande et belle poupée richement habillée. Mais lorsqu'elle en eut demandé le prix, elle dut renoncer à l'espoir de la posséder, puisqu'elle dépassait de beaucoup l'argent de la petite bourse de Charles.

—Elle est magnifique ! insinua le marchand, qui poussait à la vente. Hier, j'ai envoyé la pareille pour servir de modèle aux journaux de modes !...

Thérèse était raisonnable, elle n'eut pas fait deux fois le tour du magasin que son choix était fixé... le bébé était en sa possession...

Charles choisit encore un cheval et paya. Thérèse embrassa son frère, qui se trouva bien récompensé de sa courtoisie, et qui relevait fièrement la tête, comme si cet acte de générosité l'eût grandi à ses propres yeux.

C'est qu'il lisait sur le visage de ses bons parents la joie qu'ils éprouvaient en voyant cette union, cette entente fraternelle !

Comme toute la famille se préparait à sortir du magasin, elle fut obligée de se ranger pour laisser passer la magnifique poupée. Le domestique du magasin la portait dans une énorme boîte. Thérèse la suivit des yeux avec un soupir. Cette reine des poupées venait d'être vendue.

L'enfant passa avec dédain devant une poupée campagnarde, sans aucune flexibilité, haute en couleur, avec un col très-court. Ses bras, tant soit peu écartés dans son corset de peau, lui donnaient une allure assez vulgaire ; une robe d'indienne à mille raies bleues, et quelques nœuds de petits rubans d'un rose très-vif rehaussaient encore l'éclat de son teint, et faisaient ressortir le noir d'encre de ses cheveux crépus et frisés.

Si Thérèse, en voyant partir la belle poupée, avait jeté sur son bébé un regard accompagné d'un soupir de regrets, cette fois la comparaison fut sans doute tout à l'avantage de ce nouveau-né, car elle l'embrassa tendrement en le serrant contre son cœur maternel.

Toute la famille rentra gaiement avec ses emplettes. La journée se termina par l'examen ou revue générale de toutes les étrennes apportées en leur absence par les cousins, les cousines, amies, connaissances, etc., et Mme Vernier dut interposer son autorité pour obliger les enfants à se coucher à dix heures et demie du soir. Encore Charles appela-t-il Justine pour mettre son fouet et son cheval à bascule à côté de lui... tout près... tout près... Et Thérèse se releva-t-elle deux fois, d'abord pour la poupée favorite Clorinde, qu'elle avait oublié de couvrir dans son lit et qui pouvait s'enrhumer !... puis pour prendre son bébé... et le coucher à côté d'elle...

A voir la mine fraîche et souriante du poupon, sous ce petit bonnet frisé, sa peau si transparente sous une fine chemise de batiste, à lui voir fermer doucement ses beaux yeux bleus et pousser de véritables petits cris d'enfant, Thérèse s'en croyait véritablement la mère, et c'était vraiment quelque chose de touchant, que les soins empressés qu'elle lui prodiguait.

Nous n'oserions affirmer que la bonne petite mère put goûter le sommeil auprès de cet enfant si cher. Quoi qu'il en soit, elle en était à repasser dans sa mémoire tous les événements de cette mémorable journée, et disons-le bien vite à sa louange, sa première pensée sérieuse fut pour la jeune bouquetière. Elle regardait avec joie le joli bouquet de violettes, et s'applaudissait d'avoir pu, elle aussi, pauvre petite fille, être généreuse envers Pauline. Elle remerciait en elle-même sa bonne tante, en se disant que le plaisir qu'elle avait éprouvé était bien au-dessus de celui qu'elle aurait pu se procurer en achetant la belle poupée qu'elle avait d'abord convoitée.

Quelle fut donc sa surprise, lorsqu'en regardant avec attention, elle la vit à deux pas de son lit, posée sur un guéridon. C'était bien sa tournure majestueuse, se robe traînante, son air de reine.

—Elle ! dit Thérèse, en poussant une exclamation et rougissant de plaisir. C'est bien elle ! Je ne me trompe pas !...

Et l'enfant avançait les mains pour la saisir.

—Doucement, dit celle-ci en se reculant un peu, vous ne me connaissez pas encore !... Vous habitez un quartier, ajouta-t-elle avec une légère nuance d'ironie.

—Oh ! oui, répondit naïvement Thérèse, qui se méprit à ce sourire, un joli quartier ! pas éloigné du jardin des Plantes !...

—C'est cela, reprit la poupée en riant cette fois de bon cœur, et sans prendre la peine de cacher sa pensée. Eh bien ! poursuivit-elle en se posant fièrement et prenant un air superbe, je suis la reine de la mode ! l'arrière-petite-fille de la grande Pandore et la cousine au troisième degré de la petite Pandore, toutes deux bien célèbres ! Ces deux belles poupées naquirent sous Louis XIV, elles étaient en cire ! Les journaux de modes n'étaient pas encore inventés... C'étaient elles qui donnaient le ton... Il est vrai que notre empire a bien perdu de sa splendeur depuis ce temps; notre étoile a pâli... Ne riez pas, mademoiselle Thérèse... Vous ne connaissez pas tout cela... Je suis sûre que vous n'avez jamais feuilleté la collection du *Journal des Modes?*

—Ah ! mon Dieu ! jamais !... fit Thérèse avec une sorte d'effroi.

—Eh bien, sous le grand roi, ma bisaïeule Pandore avait deux fois par an sa toilette faite par les mains les plus nobles, et Mmes Scudéry, Mlle de La Vallière et autres belles dames de l'époque ne dédaignaient pas de l'habiller elles-mêmes... On faisait ses robes en secret, on la coiffait en cachette... Car si la mode transpirait avant que toutes les élégantes d'alors pussent paraître avec sa mise et sa coiffure nouvelles... tout était perdu !... On taillait des patrons... on tenait conseil, le coiffeur en vogue était appelé. Il donnait ses avis... coiffait ma grand'mère que l'on cachait dans le boudoir aussitôt que l'on annonçait une visite !... Puis la toilette achevée, on la promenait chez toutes les grandes dames de l'époque, qui adoptaient aveuglément son costume et sa coiffure. La petite Pandore, ma cousine, n'était que la copie exacte de sa mère, et donnait le ton dans la province, comme sa mère le donnait à Paris !

—Ah ! vous êtes d'une illustre naissance, interrompit Thérèse dans son admiration de jeune fille... Vous devez vous trouver bien heureuse d'intéresser tant de monde !

—Oh ! fit la poupée avec un soupir, je puis vous confier cela à vous, si modeste et si simple !... La célébrité ne fait pas le bonheur !... Reine des modes, j'en suis moi-même l'esclave !... Allez ! cela est bien triste... poser éternellement sur un piédestal ! n'en sortir jamais que pour être habillée, déshabillée, épinglée, attifée, admirée, critiquée ou approuvée !... Passer sa vie à entendre raisonner chiffons et dentelles !... Demeurer enfermée sous prétexte que le soleil pourrait ternir l'éclat de ma toilette !... Changer à chaque instant et de mise et de mode !... sans pouvoir me plaindre de celles qui me paraissent ou gênantes, ou absurdes, ou adopter celles qui me plairaient. Se voir tour à tour transformée en ballon, en cage à poulets, par de monstrueuses armures d'acier que l'on nomme crinolines... ou aplatie outre mesure par des jupes en pointe et sans ampleur !... En vérité, si mon titre de reine pouvait me donner le droit de faire une observation, je dirais qu'à la place de ces dames, je tâcherais d'éviter de tomber d'une exagération dans une autre, et qu'avant de faire adopter une mode, je m'assurerais par un conseil féminin, gracieux et de bon goût, d'un vote à la majorité !... Alors, tout ce qui serait ridicule et surtout gênant serait écarté !... Car ce que vous ne savez peut-être pas, c'est que les modes d'aujourd'hui sortent ordinairement de la cervelle, plus ou moins bien organisée, de quelques couturières ! Il suffit qu'elles portent un certain nom, que je me garderai bien de prononcer, pour que la création la plus bizarre soit adoptée sans examen !..... Si les personnes de bon goût veulent résister pendant quelque temps, elles seront forcées de lutter avec tout ce qui les entoure, et finiront par céder à tout prix, sous peine d'être entachées de ridicule !... crime irrémissible dans notre monde moderne, tout de caprices et de modes !...

—Allez, reprit la belle descendante des Pandore, je donnerais beaucoup pour être née dans une autre caste, j'envie quelquefois la robuste santé, et les airs vulgaires de cette grosse poupée campagnarde, sortie du magasin Hertner, à la même heure et le même jour que moi... J'échangerais avec joie ce boudoir où me cloue ma destinée contre l'air vif et pur des forêts, car moi aussi j'aime l'odeur des champs ! les douces caresses des enfants... la promenade dans leurs bras... ce repos sur un lit de mousse que leur tendresse sait improviser !... ces couronnes de fleurs fraîches tressées par leurs jolis doigts. J'aime leurs causeries naïves où s'épanchent leur tendresse... j'aime tout enfin... tout ! jusqu'à leurs larmes ! car tout en eux est adorable ! Mais chut !.. on entre... taisons-nous !

Il faisait grand jour. Charles en s'éveillant sauta en bas du lit et courut en chemise donner un coup de fouet à son cheval. Thérèse ne regarda pas même son bébé, qui le nez collé contre la muraille, le bonnet enfoncé sur l'œil gauche, semblait faire piteuse figure ; sans doute la nuit du poupon avait été orageuse, et si sa petite mère ne l'avait pas étouffé, c'est à coup sûr que le grand génie des bébés l'avaient pris en pitie; mais dans la disposition d'esprit où se trouvait Thérèse, elle n'en prit aucun souci; son premier regard fut pour le guéridon où elle avait vu la belle poupée parlante, ce phénix de la mode !... Mais il n'y avait plus ni guéridon ni poupée.

—Maman, maman, cria Thérèse, oh ! viens donc que je te raconte !...

La bonne madame Vernier était dans la pièce à côté, épiant le réveil de ses chers enfants. Thérèse et Charles se pendirent à son cou, l'un d'un côté, l'autre de l'autre, à qui l'embrasserait plus fort ! à qui lisserait le mieux avec ses petits doigts ses deux beaux bandeaux de cheveux noirs comme l'ébène... et la bonne mère de famille souriait, heureuse et fière.

Mais quand Thérèse raconta ce qu'elle avait vu, ce qu'elle avait entendu... entendu de ses propres oreilles ! la maman sourit, et, prenant Thérèse par la main, elle la conduisit dans la pièce à côté.... L'enfant poussa un cri, la belle poupée était là, posée sur le guéridon, absolument comme elle l'avait vue.

—Mais maman, dit Thérèse, rouge de plaisir, dans mon rêve...

—D'abord, mon enfant, tu n'as pas rêvé ! quand je suis entrée hier soir pour mettre à côté de toi ce jouet, l'objet de tes désirs, tu étais dans un demi-sommeil et tes yeux étaient encore ouverts... tu as adressé la parole à la belle poupée, j'ai répondu pour elle... voilà tout... J'ai profité de la circonstance pour te faire l'histoire des deux Pandores, les premières poupées qui aient servi de modèle de modes... comprends-tu ? mon histoire a amené le sommeil... alors je me suis retirée.

—Oh ! oui, mère, dit Thérèse... et l'enfant courut dans les bras de madame Vernier.

—Et moi ! dit Charles, je n'aurai donc rien ? mais la bonne mère montra du doigt à l'espiègle un délicieux fusil de chasse, et reçut en échange une foule de gros baisers !

—Maintenant, ajouta-t-elle, voici assez de temps consacré à des bagatelles ; n'oublions pas que la pauvre famille Giroux a besoin d'aide !

—Oh nous irons ! n'est-il pas vrai, maman ? dirent les deux enfants à la fois, nous irons aujourd'hui !

—Ce n'est pas vous, mes bons amis, qui pouvez soulager de semblables misères, votre bon cœur vous a dicté le petit sacrifice que vous pouviez faire. Là se borne votre devoir, le nôtre commence à présent... Votre père est parti ce matin dès le point du jour pour voir ces braves gens, pendant que François, notre garçon d'atelier prépare un des petits logements du quatrième en y faisant poser un poêle. La pièce principale est grande et aérée, ce sera la chambre du malade ; les enfants coucheront dans la chambre voisine. Ou je me trompe fort, ou ces gens-là ne sont pas nés parmi la classe ouvrière. N'importe ! et quoi qu'il en soit, ils sont probes et honnêtes, c'est l'important !

M. Vernier ne tarda pas à rentrer : il avait trouvé le malade un peu moins abattu que de coutume. Les paroles consolantes que lui avait portées sa Pauline, la pièce d'or de Thérèse, avaient ramené l'espoir dans ce cœur découragé ; la nuit avait été plus calme, et lorsque le bon fabricant était entré dans la chambre si pauvre et si dénuée de la malheureuse famille, le malade avait tendu vers lui ses mains suppliantes, et deux grosses larmes avaient coulé sur ses joues amaigries. Du regard il indiquait ses jeunes enfants et semblait les recommander à celui qu'il regardait déjà comme leur sauveur !

M. Vernier s'empressa le premier de lui faire connaître qu'il ne s'était pas trompé en espérant en lui, et, avec ces bonnes paroles du cœur qui consolent et qui rassurent, il lui apprit ce qu'il avait l'intention de faire pour sa jeune famille.

Pendant ce temps, Pauline pleurait de joie, et le pauvre petit Frédéric baisait les mains de ce bienfaiteur envoyé par le Ciel.

M. Giroux avait été fabricant de velours à Saint-Étienne ; quelques faillites qu'il subit à une époque de révolution amenèrent sa ruine ; pour ne pas donner dans son pays même le tableau d'une détresse que la délicatesse l'engageait à cacher autant que possible, il quitta sa ville natale, vendit le peu qu'il possédait, espérant trouver à Paris une occupation assez lucrative pour faire vivre sa famille. Mais sans amis, sans connaissances, il s'aperçut bientôt qu'il lui serait impossible de trouver un emploi ; il se décida alors à entrer comme simple ouvrier dans une fabrique de tissus, où il gagnait une bien modeste journée ; néanmoins sa courageuse femme l'aidant un peu, ils avaient tous retrouvé sinon le bonheur, du moins la tranquillité ; les enfants, heureusement assez jeunes pour ne pas comprendre leur position, chantaient joyeusement du matin au soir.... lorsqu'une longue et coûteuse maladie vint frapper madame Giroux ! Alors on vendit pièce à pièce tout ce que l'on possédait, pour soulager la malade.... c'était le plus pressé. Mais le propriétaire donna congé en retenant les seuls meubles qui eussent quelque valeur.... et la pauvre famille courut alors de mansarde en

mansarde, et plus d'une fois se trouva sans gîte!... Ce dernier coup acheva la
pauvre femme, et sa perte si douloureuse laissa le bon père de famille sans courage
pour supporter un aussi grand malheur. Ce fut alors que Pauline, l'ange de la
maison, trouva dans son cœur la force nécessaire pour essayer de parer à tout.
Un jeune homme de Saint-Étienne, le fils d'un honnête jardinier qu'ils avaient
tous connu, se trouvait placé chez un fleuriste; il connaissait un peu le commerce
des fleurs, il lui conseilla de vendre des bouquets de saison. La pauvre petite
était trop timide pour que cela ne lui coûtât pas beaucoup, et cette timidité lui
faisait souvent manquer la vente. Néanmoins elle accepta cette ressource comme
un secours que lui envoyait le Ciel.

Malheureusement le produit de son industrie ne pouvait suffire, et la situation du malade exigeait un confortable et des soins que l'on ne pouvait lui
procurer. Telle était l'histoire bien malheureuse de cette honnête famille.

Midi sonnait à toutes les horloges du faubourg Saint-Jacques, lorsqu'une
voiture de place s'arrêta devant la fabrique de tapis de M. Vernier; une jeune
fille en descendit d'abord, c'était Pauline, la petite bouquetière; mais non Pauline
telle que nous l'avons vue pour la première fois, les yeux battus de larmes, le visage
pâle. Non, l'enfant était radieuse, Frédéric la suivait, toujours tenant sa
robe. Pauline leva ses beaux yeux vers la fenêtre du premier. Elle aperçut
Charles et Thérèse derrière le rideau qu'ils avaient soulevés.

Puis François aidant, on vit sortir de la voiture un homme jeune encore, d'une
figure douce et avenante, mais profondément ravagée par la maladie. François
l'enleva de ses bras nerveux, et l'eut bientôt installé dans un bon lit.

Une heure après, un peu de repos, une tasse d'excellent bouillon, et quelques
gouttes de vin vieux, le meilleur de la cave du bon M. Vernier, avaient réparé
les forces du malade, qui ne se sentait plus des fatigues du voyage.

Dire la joie de tous ces braves gens serait impossible; aussi dès que chaque
chose fut à sa place, et que la jeune fille, en véritable ménagère, eut mis de l'ordre
partout, son premier soin fut de descendre auprès de ses bienfaiteurs.... Elle
s'était bien promis de les remercier.... de leur dire tout ce que son cœur éprouvait de reconnaissance.... A peine entrée, elle ne trouva que des larmes....
Madame Vernier la serra dans ses bras.

Un jour, le bon père de famille souleva gaiement le coin du rideau blanc qui
lui cachait le soleil. —Pauline! appela-t-il d'une voix encore faible mais assurée,
Pauline! Frédéric! mes chers enfants, je suis guéri! je ne sens plus qu'un peu
de faiblesse!... Les deux enfants couvrirent leur père de baisers et de larmes.

Bientôt le malade fut en état de descendre à la fabrique, où son intelligence
et ses connaissances acquises devinrent précieuses à M. Vernier, qui ne tarda pas
à reconnaître en lui un sujet précieux pour un établissement tel que le sien; il
l'associa à plusieurs entreprises, et le succès répondit si bien à leurs efforts qu'en
quelques années ils purent réaliser une grande fortune.

Ainsi cette œuvre de cœur fut récompensée, les deux familles n'en formèrent plus qu'une. Pauline a suivi toutes les leçons de Thérèse, et Frédéric celles de Charles....; leurs progrès ont été rapides.

Pauline ne rencontre jamais sans émotion un bouquet de violettes, et l'hiver, quand cette fleur est rare et précieuse, elle sait la découvrir jusque sous la neige.

—Ma fleur bien-aimée ! dit-elle en l'offrant à sa bienfaitrice, ma fleur chérie !... elle est le symbole de mon bonheur !

—Elle est aussi l'emblème de la modestie, ajoute madame Vernier en l'embrassant ; dans quelques conditions que le sort vous place un jour, ne l'oubliez jamais, chère Pauline !

Mère ! à quelle heure viendra le petit Noël ?

LE PETIT ANGE DE NOËL

u milieu de la plaine de Bligny-sous-Beaune, on voyait s'élever le toit de briques rouges de la ferme de Sébastien Jacquot. C'était une grande et riche propriété entourée de vignes, et dans laquelle tous les pauvres cultivateurs des environs étaient certains de trouver chaque année du travail et du pain.

C'était la veille de Noël, neuf heures du soir venaient de sonner, et déjà le premier tintement de la cloche de la petite église de Bligny invitait les habitants du village à se préparer à la messe de minuit.

La ferme, ordinairement si paisible, offrait le spectacle d'un désordre inaccoutumé. La grande cheminée du foyer, qui pouvait contenir des arbres tout entiers, petillait avec un éclat extraordinaire ; sur les fourneaux allumés, du boudin, des saucisses fraîchement apprêtées, d'énormes pâtés prêts à être mis au four, et comme dans le fameux conte de *la Belle au bois dormant*, poulets et dindons tout embrochés n'attendaient plus que le signal du maître pour prendre place au feu.

Évidemment il y avait fête à la ferme, car, chose rare, et qui n'avait lieu que dans les occasions solennelles, la grande table de chêne était couverte d'une nappe d'une blancheur éblouissante. Perpétue Doré, jeune et avenante servante de la ferme, avait mis ce soir-là ses grands pendants d'oreilles ; sa croix d'or, arrêtée à son cou par un étroit velours noir, se balançait avec une certaine coquetterie sur un fichu d'un rouge de pourpre, et quoique son tablier de toile bise et ses manches retroussées jusqu'au coude ne permissent pas de bien juger de l'ensemble de sa toilette, il était pourtant facile de voir que ce n'était pas celle des jours ordinaires. Or la cause de tous ces apprêts et de la mise recherchée de Perpétue Doré était un magnifique réveillon qui devait avoir lieu en rentrant de la messe, et auquel étaient conviés tous les fermiers des environs.

Aussi Sébastienne Jacquot, la jolie maîtresse de la ferme, allait et venait d'un air affairé, rangeant, préparant, ayant partout un ordre à donner, partout un coup d'œil à exercer.

Quand elle crut que tout était suffisamment préparé pour recevoir les convives, elle remonta dans sa chambre, où dormaient deux jolis enfants, car le Ciel avait béni l'union des époux en leur envoyant une charmante petite fille que l'on nommait Jeanne et qui allait entrer dans sa sixième année, et un jeune espiègle de garçon que l'on appelait Gabriel. Or autant Jeanne était bonne et docile, autant Gabriel, malgré son doux nom, donnait peu de satisfaction à ses parents ; non qu'il eût le cœur mauvais, au contraire il adorait sa mère et sa sœur, mais il ne rêvait que courses à travers les bois, jeux et promenades ; et précisément ce qu'on lui défendait le plus était toujours ce qu'il choisissait de préférence.

En cet instant la bonne mère tirait un à un de son armoire en chêne les effets destinés à la parure de Jeanne pour la grande fête de Noël ; car si la fermière, dans sa prévoyante tendresse, avait interdit à ses jeunes enfants l'office de la nuit comme pouvant nuire à leur santé, elle les conduisait elle-même à celui du lendemain.

En dépliant toute la jolie toilette de l'enfant, les yeux de Sébastienne s'y arrêtaient avec complaisance, car elle y avait développé toute sa coquetterie de jeune mère ; et cette parure eût pu rivaliser avec celle des enfants du château ! Mais quand elle en vint à sortir à leur tour les habits de Gabriel, la fermière fit un soupir : les ascensions de l'espiègle sur les arbres, la pêche aux grenouilles, et les courses au clocher, faisaient bientôt disparaître jusqu'à l'apparence de la recherche que l'on avait eu l'intention d'y mettre ; trop heureux encore lorsqu'il en rapportait quelques lambeaux à la maison !

Pendant que Sébastienne se livrait à cette occupation, Jeanne, couchée dans un petit lit bien chaud, la tête cachée à demi dans un douillet oreiller, dormait à côté d'elle, non du sommeil agité et fiévreux que donne une mauvaise conscience, mais de ce doux repos que le Ciel envoie à l'innocence et à la bonne conduite !

Au moment où la fermière se penchait sur le lit de Jeanne pour la contempler dormir avec cette tendresse que les mères seules comprennent, Jeanne ouvrit ses yeux bleus et tendant aussitôt ses deux petits bras :—Mère ! dit-elle en les enlaçant autour du cou de Sébastienne, à quelle heure viendra le petit Noël ! n'est-ce pas à minuit qu'il apporte des jouets et des bonbons à tous les enfants sages ?

—Oui, chère petite, dit en souriant la jeune mère.... oui, c'est cette nuit même que le petit génie fait une généreuse distribution à ses enfants bien-aimés....

mais pour cela il ne faut pas oublier de mettre ton soulier dans la cheminée de la salle à manger, ainsi que tu l'as fait l'an passé.

—Il est si petit mon soulier! il contient si peu de bonbons!

—Eh bien, ajouta la maman en souriant de l'observation de l'enfant, eh bien, nous allons y mettre ta jolie corbeille doublée de satin rose.

—Quel bonheur! disait Jeanne pendant que Sébastienne la baisant au front enveloppait ses petits pieds dans une moelleuse couverture, et la descendait ainsi jusque dans une salle à manger que l'on n'habitait que l'été et dont la vaste cheminée n'avait pas vu de feu s'allumer depuis plusieurs années.

L'enfant traversa le vestibule, puis choisissant le coin qui lui parut le moins obscur, et le plus propice à la générosité du génie, elle déposa avec précaution la corbeille de satin rose en disant pieusement, et avec foi ces douces paroles d'enfant :— Bon petit ange de Noël, n'oubliez pas votre sœur Jeanne!

Puis Sébastienne remonta coucher l'enfant.

Au moment où la fermière venait de déposer Jeanne dans son lit, elle aperçut la tête de Gabriel qui s'avançait doucement à travers la porte restée entr'ouverte.

—Voulez-vous bien, lui dit-elle de sa plus grosse voix, voulez-vous bien retourner à votre lit! Votre conduite n'est pas assez bonne pour que Noël vous soit favorable.... voyez un peu.... courir ainsi, sans prendre la peine de s'habiller! risquer de s'enrhumer!... En disant cela Sébastienne le prit par le bras en le reconduisant dans un cabinet attenant à la chambre où elle venait de le surprendre en flagrant délit de curiosité.

Quand elle eut bien arrangé l'enfant dans son lit, quand elle se fut éloignée de lui, le cœur serré de n'avoir pu, comme les jours où elle était satisfaite de sa conduite, lui faire une douce caresse, elle retourna dans sa chambre ; alors jetant un regard plus tendre encore sur la petite Jeanne, et baisant ses beaux cheveux blonds : « Dors, mignonne! dit-elle en souriant, dors! va, tu n'auras pas mis en vain ta jolie corbeille doublée de rose dans la cheminée.... l'ange de Noël passera par là, les mains pleines.... j'en suis bien sûre! Quant à Gabriel....

La fermière s'arrêta en faisant un léger hochement de tête.... elle sourit encore mais cette fois tristement.

Sébastienne redescendit à la cuisine.—Tout sera-t-il prêt pour l'heure, Jean? les volailles sont-elles à la broche? le boudin a-t-il réussi? Soignez bien le four mes amis? que la galette soit cuite à point.... dans deux heures nous serons à table.... Mais je ne vois que vingt couverts! pourquoi donc n'avoir pas mis les vôtres, Jean et Perpétue? ne dînez-vous pas toujours à notre table? est-ce à dire parce qu'il y a des invités que vous n'êtes plus de la famille?

Et la fermière avec empressement ajoutait elle-même le couvert de ces deux fidèles serviteurs, pendant que Jean en roulant d'une main son tablier de cuisine essuyait furtivement une larme qui roulait au bord de ses yeux, et que Perpétue la regardait faire, les bras pendants disant à demi-voix :—La bonne et digne femme!

Quand Sébastienne eut donné le coup d'œil de maîtresse de maison, elle apprêta sa plus belle toilette, celle des grands jours; puis, elle sortit encore de l'armoire l'habit et le gilet de mariage de l'honnête Jacquot; elle ne le touchait qu'avec une sorte de respect, cet habit qui ne prenait l'air que dans les grandes solennités !... car il rappelait à son souvenir huit années de bonheur et de tendresse !

A onze heures sonnant, le fermier et la fermière, après avoir jeté le dernier coup d'œil sur leurs enfants endormis, se rendirent bras dessus bras dessous à l'église pour assister aux offices de la nuit.

Cependant Gabriel, que l'on croyait plongé dans le sommeil depuis longtemps, était loin de dormir ! il avait au cœur un bien affreux projet, et le repos s'arrange difficilement d'une conscience inquiète; voici ce qui tenait notre espiègle éveillé à cette heure. Gabriel s'était lié depuis quelque temps avec un certain petit mauvais sujet plus âgé que lui de deux ans, et que les enfants du village avaient surnommé *Malchaussé*, en raison du mauvais état habituel de sa chaussure; c'était le fils d'un homme qui habitait le pays; il était fort mal regardé de tous les gens honnêtes, non parce qu'il était pauvre, mais à cause de sa mauvaise conduite et de sa paresse. En vain la fermière faisait-elle chaque jour à son fils des observations au sujet de cette dangereuse fréquentation, en vain l'avait-elle puni plusieurs fois, Gabriel trouvait toujours moyen de retrouver Malchaussé et celui-ci savait s'y prêter de la meilleure grâce du monde ! car l'enfant du fermier savait payer largement ses complaisances avec les fruits conservés à la ferme, et il n'arrivait jamais les mains vides près de ce dangereux camarade.

La veille de Noël il avait porté à Malchaussé, secrètement et sans l'aveu de sa mère, un grand sac de marrons. Qu'on juge de la joie du petit vagabond !—Que me donneras-tu encore, dit-il à l'enfant en dévorant toutes crues les châtaignes que Gabriel avait volées à la ferme... que me donneras-tu si je te fais assister à la messe de minuit ?

—A la messe de minuit ! reprit l'enfant rougissant de surprise et de plaisir !... mais.... mais ma mère ne le voudra jamais !

—Ah ! je le crois bien ! reprit Malchaussé, mais nous nous passerons d'elle !

—Mon Dieu ! reprit le petit Gabriel, comme effrayé de l'énormité d'un telle action, comment ferons-nous donc ?

—D'abord il ne faut pas rougir et pâlir comme un petit poltron que tu es, car personne n'en saura rien. Nous sortirons par la porte du jardin pendant que tout le monde sera dehors et nous serons rentrés les premiers. Comprends-tu ?

—Oui, mais Perpétue et Jean ne sortiront pas !

—Ah bah ! tu n'as qu'à faire semblant de dormir bien fort, et quand on te croira bien endormi, l'on ne se doutera de rien.... alors, tu te lèveras bien doucement.... je t'attendrai sous les bottes de foin... eh puis, zest !... nous filerons !

—Je tremble malgré moi.... quoique cela me fasse un grand plaisir !... si maman allait s'apercevoir de mon absence ! oh ! comme elle serait inquiète... comme elle me chercherait partout !... car elle ne pourrait pas croire...

—Alors, si tu as toutes ces craintes-là, il faut rester, et moi j'irai tout seul.... oh ! c'est si beau la nuit ! on entend chanter des beaux airs que la musique accompagne, et puis tout est éclairé.... c'est magnifique !... L'année passée j'y suis allé avec un petit camarade.... tu connais bien Prosper ? en voilà un qui ne boude pas ! Oh ! nous sommes nous amusés ! Pendant que les femmes étaient à genoux, nous avions cousu leurs jupes les unes avec les autres de sorte que, lorsque l'une d'elles voulait se relever, toutes les autres suivaient le mouvement.... Ah ! ah ! ah ! j'en ris encore quand j'y pense ! oh ! que c'était donc drôle !... Mais, si tu as peur, reste, va, reste ! j'irai bien sans toi !

—Non, dit Gabriel vaincu par l'air d'assurance de ce mauvais génie.... Non, je veux y aller.... mais tu me ramèneras, n'est-ce pas ?

—Pardienne !

—Et tu me promets que maman n'en saura rien ?...

—Comment veux-tu qu'elle le sache ?

—Alors, c'est convenu ! dit Gabriel.

—Touche là, dit le petit vagabond en avalant la dernière châtaigne, et à minuit, je t'attendrai dans la grange !... surtout ne va pas manquer !...

—Si j'allais avoir peur ! reprit encore Gabriel.

—Peur de quoi ? est-ce que les garçons ont peur ! ajouta le mauvais sujet avec un geste de dédain. Allons, à ce soir, et n'oublie pas d'apporter des pommes !... elles sont si bonnes tes pommes !

Pauvre Gabriel ! en quelles mains il était tombé !

Malchaussé était parti furtivement, car on avait ordre à la ferme de le mettre à la porte chaque fois qu'il oserait s'y présenter ; malheureusement on ne l'aperçut pas, et ses conseils perfides eurent un effet complet sur l'inexpérience du pauvre petit Gabriel.

Voilà pourquoi au lieu de reposer d'un bon sommeil tranquille comme sa jolie sœur Jeanne, le pauvre enfant, troublé, inquiet, se tournait et se retournait dans son lit, brûlant de la fièvre que lui donnait son malheureux projet.

La tête enfoncée sous ses couvertures, le cœur palpitant d'émotion, il entendit peu à peu tout le monde s'éloigner.... il vit sa bonne mère s'assurer avant son départ qu'il était bien endormi. Gabriel n'eut pas de peine à la tromper, elle si bonne, si confiante ! elle qui n'avait en vue que le bonheur de ses chers petits enfants, et qui ne leur défendait jamais que ce qui pouvait leur être nuisible ! La digne femme jeta un dernier regard de tendresse sur Gabriel.... puis il l'entendit s'éloigner.

Il écouta longtemps encore, le silence le plus profond régnait partout.... alors il sortit sournoisement de son lit et se hasarda à s'habiller, mais Dieu sait avec quelle terreur notre petit criminel en vint à bout ; enfin il prit à sa main ses souliers et il se préparait à descendre, lorsque le chant du coq se fit entendre tout à coup! Le pauvre Gabriel en fut tellement effrayé, qu'il laissa tomber ses deux souliers, ce qui fit du bruit et le glaça de terreur...

Bientôt les pas de Perpétue alarmée retentirent dans la salle du grand vestibule de la ferme, et Gabriel n'eut que le temps de se fourrer tout habillé dans son lit, car la prévoyante domestique, fidèle aux ordres qu'elle avait reçus de sa maîtresse, venait s'assurer par elle-même d'où pouvait venir le bruit qu'elle avait entendu. Jeanne dormait du sommeil heureux des enfants sages... Gabriel ne bougeait pas... rien qui pût justifier ses inquiétudes... la bonne fille redescendit.

Oh! si Perpétue eût découvert le lit de Gabriel! elle aurait vu le rouge de la honte empourprer son visage! elle aurait entendu son cœur battre de crainte! elle aurait senti le feu de la fièvre s'exhaler de sa bouche brûlante! Oh! certainement il était si malheureux qu'elle en aurait eu pitié!

Peu s'en fallut que l'enfant ne renonçât à son vilain projet, mais il pensa aux railleries de Malchaussé.... à la honte qu'il en éprouverait...; il se reprocha de faire attendre un camarade qui lui était si dévoué..., d'ailleurs il avait donné sa parole.... son mauvais génie l'emporta!

Cette fois il descendit sans accident, traversa à pas de loup le grand vestibule éclairé qui conduisait à la salle à manger.... elle était sombre et déserte; pourtant à la lueur incertaine que projetait la lampe du vestibule, il aperçut dans un des coins de la cheminée la petite corbeille de sa sœur Jeanne!

Gabriel soupira en pensant qu'il n'avait rien à espérer de l'ange de Noël.... puis par un mouvement spontané et comme pour laisser une porte ouverte à sa bonne fortune d'enfant, apercevant à la porte de la salle à manger les gros sabots de Jean, il les prit tous deux et les posa doucement de chaque côté de la corbeille.... puis il s'enfuit lestement.

Arrivé à la grange, il leva le loquet à tâtons.

—Est-ce toi? dit le petit vagabond, en sortant sa tête de dessous les bottes de foin où il s'était caché.

—Oui, répondit Gabriel, me voilà!

—Depuis une demi-heure je t'attends, ajouta Malchaussé que son brusque réveil rendait d'assez mauvaise humeur.... as-tu des pommes?

—Je n'ai pu monter au grenier! j'avais si peur d'être découvert.

—Imbécile! grommela tout bas Malchaussé.... allons en route!... je me suis gelé en t'attendant.

—C'est vrai qu'il fait un bien mauvais temps! reprit Gabriel dont les dents claquaient autant de frayeur que de froid.

Les deux enfants franchirent sans accident la petite porte du jardin, ils se trouvèrent dans la plaine qui entourait la ferme; ils devaient tourner par derrière le village et faire un grand détour afin d'éviter la rencontre de quelqu'un du pays.

—Mais, dit subitement Gabriel, si à l'église quelqu'un allait me reconnaître!...

—Bah! tu enfonceras ta casquette sur tes yeux et nous nous tiendrons dans les bas côtés, c'est tout à fait noir; d'ailleurs le banc de ton père est au fond dans le chœur.

—C'est vrai, pensa Gabriel encore une fois soulagé d'une idée poignante.

Il suivait sans rien dire son mauvais compagnon qui ne se donnait plus la peine de le guider, car il avait été très-désappointé au sujet des pommes, et il en gardait rancune à l'enfant.

—Comme il fait noir! se hasarda enfin à dire le pauvre Gabriel qui buttait à chaque obstacle et qui avait déjà vingt fois manqué de se casser le cou... Que la pluie est froide!

—Je crois bien, dit en riant Malchaussé, c'est du grésil et du plus froid encore!

—Sommes-nous bientôt arrivés?

—Je ne sais pas.... la neige m'aveugle, je ne puis plus voir les chemins.

Effectivement un vent de bise s'était élevé tout à coup, et le grésil, qui tombait abondamment, leur fouettait au visage et rendait leur course à travers champs tout à fait impraticable. Le petit vagabond, habitué à se trouver la nuit dans tous les temps, au milieu des plus mauvais chemins, supportait l'âpreté du froid, mais Gabriel se sentait faible et découragé dans l'obscurité; aussi marchait-il en silence à côté de Malchaussé, qui eût pu entendre le claquement de ses dents.

—Qu'est-ce donc? dit l'enfant, que cette grande ligne blanche que l'on aperçoit là tout près?

—Là! à droite? eh bien! tu ne te reconnais pas?

—Non, dit Gabriel.

—C'est le grand mur du cimetière!

—Est-ce que nous allons suivre ce mur?

—Pourquoi pas? allons, décidément je ne t'emmènerai plus, tu n'es qu'un poltron.

—Oh! j'aime mieux m'en retourner, dit l'enfant en s'arrêtant tout à coup.

—Va, va, dit Malchaussé d'un ton goguenard, personne ne t'en empêche!

—Mais, je ne puis m'en aller seul, reprit Gabriel en pleurant.

—Tu n'es pourtant pas loin de la ferme, ajouta le petit vagabond toujours en riant.

En ce moment les aboiements d'un chien vinrent interrompre la conversation de nos deux petits aventuriers, et une voix forte et mâle, cria dans l'obscurité:

—Qui va là!

—Nous! répondirent ensemble les deux enfants, pendant que le garde, car c'était lui, rappelait son bon chien Médor, tout en avançant de leur côté.

—Tiens! c'est vous, monsieur Ferdinand, dit Malchaussé très-contrarié de cette rencontre.

—Et que faites vous, petits vagabonds, par le temps qu'il fait et à pareille heure dans les champs?

En disant cela, le garde avait posé une main robuste sur l'épaule du plus grand..... Mais... je ne me trompe pas.... c'est le petit Malchaussé ?

—Oui, monsieur Ferdinand.... c'est moi.... c'est nous....

—Ah ! ah ! dit le garde en apercevant le pauvre Gabriel qui mourait de peur et se cachait dans l'ombre, quel est encore ce garnement ? Voyons, qui es-tu, toi ?... mais en vérité je crois que c'est le fils de maître Jacquot ! ajouta-t-il en le prenant par le bras et le regardant sous le nez.... Ah ! voici qui est singulier ! courir les champs dans le milieu de la nuit... et en aussi bonne compagnie !... allons, allons, mes petits vauriens, vous allez me suivre et je vous ferai bien dire où vous comptiez aller à cette heure ?

—A la messe de minuit, dit le pauvre Gabriel tout en larmes, et il raconta au garde comment il s'était laissé entraîner à commettre une aussi coupable désobéissance.

—Il fait si noir, ajouta Malchaussé, que nous nous sommes égarés...

—Hum ! grommela le brave homme entre ses dents, ces petits drôles disent-ils vrai ?

—Oh bien vrai, bien vrai ! crièrent à la fois les enfants en répétant les deux derniers mots qu'ils avaient entendus.

—Allons, je veux bien vous croire... toi, petit vaurien, dit-il à Malchaussé, va-t'en chez ton père au plus vite, car si je te rattrape ici dans les environs, tu iras faire le réveillon au pain noir et à l'eau... Quant à toi, petit, je vais te reconduire à la ferme où peut-être ton équipée est déjà connue et demain je dirai deux mots à ton père.

Malchaussé prit sa course à travers champs, tandis que Gabriel, tout honteux, suivait le garde qui, en le questionnant, n'eut pas de peine à en tirer toute la vérité. Il comprit que la mauvaise société dans laquelle il l'avait trouvé était la seule cause de sa faute, et, d'après les prières de l'enfant, il lui promit de n'en pas parler à ses parents.

Lorsqu'il l'eut fait rentrer par la petite porte que nos deux inprudents avaient laissée entr'ouverte, quand il l'eut accompagné jusqu'au pied du grand escalier, et qu'il lui eut fait une sévère remontrance, il consentit à s'éloigner sans avertir Jean ou Perpétue.

Le pauvre Gabriel se glissa furtivement dans le vestibule et regagna sa chambre à tâtons. Lorsqu'il se trouva sans crainte et bien abrité dans son lit, des larmes de joie vinrent mouiller ses yeux ; il comprenait enfin tout le chagrin qu'il eût pu causer à sa mère, et il se promettait bien au fond du cœur de ne jamais rien faire sans le conseil de ses bons parents.

Bientôt fatigué de tant d'émotions diverses, Gabriel s'endormit profondément.

Il était une heure du matin, lorsque l'on sortit de l'église. Tous les invités au réveillon de maître Jacquot, formant un groupe d'une vingtaine de personnes, suivaient en hâtant le pas le chemin de la ferme, car bien que la neige eût cessé

Quant au second sabot.... devinez enfants ce qu'il y trouva ?....
Une verge de bouleau vert !

de tomber, et que le temps se fût un peu éclairci, le vent de bise soufflait avec une extrême violence; Sébastienne restée un peu en arrière pour distribuer sans témoin quelques aumônes à de pauvres infirmes, se sentit frapper doucement sur l'épaule.

—C'est vous, Ferdinand? dit-elle en se retournant et en reconnaissant le garde, vous m'avez presque fait peur.

—J'en serais bien fâché, dame Jacquot...; je ne veux que vous dire un mot.

—Un mot, à moi, Ferdinand! alors, dites vite, car la bise est rude, et voici le monde qui s'éloigne.

En deux mots le garde raconta à la jeune mère tout ce que nous savons de l'équipée de Gabriel; mais il peignit si bien le repentir du pauvre enfant, que le trouvant assez puni, son indulgente mère promit au garde de ne pas lui en parler se réservant de le surveiller désormais avec plus de rigueur.

—Si je vous ai prévenue, ajouta le brave homme, c'est que j'ai craint que la santé du pauvre petit puisse en souffrir, et qu'il est nécessaire peut-être de prendre à ce sujet quelques précautions.

—Merci, mon cher Ferdinand, merci.... Ah! les enfants! les enfants! quel œil peut remplacer près d'eux celui d'une mère!

Sébastienne ne tarda pas à rejoindre la petite troupe des invités, et un quart d'heure plus tard tous entraient à la ferme; c'était une odeur à donner appétit au plus sobre, et Dieu sait la joie que firent éclater nos convives en voyant le vin du cru petiller dans les cruches, et les rôtis dorés sur la table.

La première pensée de Sébastienne fut pour Gabriel et, pendant que chacun choisissait sa place autour de la grande table, elle courut à son lit.... En le voyant dormir, reposé, la bonne mère remercia le Ciel, et après l'avoir embrassé légèrement sur le front, car le cœur d'une mère est plein d'indulgence, après avoir regardé Jeanne un instant, elle descendit faire les honneurs du déjeuner.

Bientôt les rires et les voix des convives remplirent la ferme, et leur écho sonore en retentissant put avertir que le vin de Sébastien Jacquot, le meilleur de tous les environs, avait produit son effet accoutumé.

Au milieu de tout ce tapage, Jeanne sans se réveiller entièrement s'agitait sous l'impression de mille visions plus ou moins agréables, elle crut sentir sa mère l'emporter dans ses bras, à demi-nue et encore endormie, jusque dans la grande salle à manger... elle entendit une musique étrange et telle que jamais son oreille n'en avait été frappée, un nuage blanchâtre se dessina dans l'ombre, du côté de la grande cheminée... puis ce nuage prit la forme d'un joli enfant blond avec des yeux bleus comme le ciel, son vêtement était blanc et pur comme celui des anges, il regardait Jeanne avec le sourire sur les lèvres, tandis qu'il soulevait d'une main un joli coffret en ébène, et de l'autre une corne d'abondance..... Sur le coffret était écrit en lettres d'or le mot *Espère!*...—Jeanne, dit le génie, je suis le petit Noël, l'espoir, le dieu de l'enfance... j'arrive pour toi les mains pleines ; toi si douce, si sage !... regarde !... il agita la corne et Jeanne entrevit des flots de bonbons au papier doré..., des chocolats de toutes formes..., des papillotes aux rubans bleus et roses...; elle les vit tomber pêle-mêle en profusion dans sa corbeille..., ils étaient si beaux !.... il y en avait tant... tant !... toujours la corne s'agitait et toujours les bonbons tombaient..... La joie étouffait Jeanne..., elle se sentait serrée à la gorge..., elle poussa un léger cri..., elle se trouva bien confuse en voyant qu'elle n'était pas sortie de son lit......

Le lendemain à son réveil elle courut à la salle à manger ; cette fois, c'était bien vrai..., elle n'avait point rêvé... elle trouva des bonbons plein sa corbeille et, dessous, bien cachée, bien enveloppée dans un petit carton, une poupée en gutta-percha avec un buste en porcelaine et la plus délicieuse figure que l'on ait jamais imaginée.

On assure que le petit Noël avait inscrit ce peu de mots en lettres d'or sur une banderole en papier rose :

« Pour Jeanne. »

A la condition expresse qu'elle l'habillera elle-même.

Nous ne saurions affirmer comment fut accueillie cette clause ajoutée au présent... Jusque-là, la petite paresseuse s'était contentée de peigner les cheveux de ses poupées, de les débarbouiller et même de leur faire prendre des bains ! Quant aux vêtements, leur chemise faisait leur seule et unique parure, et le temps les avait entièrement décolorées et flétries sans que Jeanne se fût occupée du reste !

Quant à Gabriel, sa bonne mère eut la générosité de lui cacher ce qu'elle savait de sa conduite, elle n'en parla pas même à son père qui l'eût sévèrement puni.

Aussi, notre étourdi pensant que l'ange de Noël devait être dans la même ignorance, eut l'audace de courir sournoisement visiter les sabots de Jean qu'il avait déposés la veille dans la cheminée.

En vain sa mauvaise conscience lui criait-elle qu'il ne devait compter sur aucune faveur ; il persista...; il allongea la main jusqu'au fond du grand sabot..., mais il la retira bien vite en poussant un cri !... Il venait de sentir quelque chose de chaud et de velu...

C'était une hideuse chauve-souris qui, demi-morte de froid, était tombée dans la cheminée et s'était blottie dans la chaussure garnie de paille, espérant y trouver un peu de chaleur !

Quant au second sabot, devinez enfants ce qu'il y trouva. Cela fait frissonner à dire ! une verge de bouleau vert !

Sur une banderole semblable à celle de Jeanne, mais d'une couleur foncée, on lisait ces mots :

« Pour Gabriel : A chacun suivant son mérite ! Je reviendrai l'an prochain. Sois plus sage, tu seras plus heureux ! »

Nous ne sommes que de naïfs écrivains de l'enfance, aussi pensons-nous que ce fut le petit Noël qui conduisit la chauve-souris !...

Les mères ont leur secret! Notre devoir est de le respecter! Les enfants ont leurs illusions, gardons-nous de les détruire!... Nous savons trop ce qu'il en coûte pour les voir tomber une à une, nous qui connaissons la vie!

Depuis, l'on ne revit plus Malchaussé rôder autour de la ferme de Bligny-sous-Beaune.

Gabriel, quoique toujours espiègle, est beaucoup plus studieux, et Jeanne s'occupe sérieusement, *dit-on*, du premier jupon de sa belle poupée.

Je suis l'envoyé de la cloche de Paques....

LA CLOCHE DE PAQUES

’ON était aux premiers jours du printemps, l'hiver avait été rude, et le soleil chaud et brillant, qui apparaissait pour la première fois, ramenait l'espérance dans tous les cœurs.

Aussi les petites fauvettes commencaient-elles à chanter leurs jolies chansons sur les arbres, encore dépouillés de verdure, tout comme elles l'eussent fait au milieu du plus beau feuillage ; et tous les bons paysans du village de Matour, en Bourgogne, étaient-ils assis à leur porte, causant gaiement, ni plus ni moins que si l'on eût été en plein été.

D'ailleurs, ce soir-là, le village était en émoi, et la curiosité ne manquait pas d'aliment ; ce qui faisait que les petits garçons et petites filles du village, au lieu de s'éparpiller comme de coutume dans la plaine ou sur les coteaux environnants, ne quittaient pas la robe de leur maman, épiant dans ses yeux, dans ses paroles ce qu'ils brûlaient de deviner ou d'apprendre.

Car vers le milieu de la journée chacun avait pu voir passer un grand char-à-bancs garni d'un nombreux personnel de domestiques, perdus dans la rustique voiture au milieu des instruments d'agriculture de toutes sortes, d'arbustes précieux, de cages remplies d'oiseaux, d'un perroquet et d'un beau chien de Terre-Neuve, qui passant la tête par les portières regardait d'un air bénin, et sans éprouver la plus légère émotion, tous les habitants du village.

C'était d'abord M. maître Jacques, l'intendant de la comtesse de Vernouville, devenue tout récemment propriétaire du château de Matour; puis, le concierge et sa femme et plusieurs autres domestiques, chargés d'arranger, de meubler le pavillon de l'aile droite du château, afin de le rendre habitable en attendant que tout le reste fût réparé.

Plusieurs tapissières garnies de meubles suivaient cette première voiture, et leur passage, qui excitait au plus haut point la curiosité des paisibles villageois, donnait lieu à toutes sortes de commentaires plus ou moins vraisemblables.

Ce que l'on savait de certain, c'est que la comtesse, après avoir acheté le château, depuis longtemps tombé en ruine, se décidait à venir l'habiter,

Et que l'intendant, le garde forestier, un concierge et sa femme la précédaient de quelques jours.

Le château de Matour, situé comme l'aire d'un faucon sur le sommet de la colline, entouré de montagnes, est d'un aspect sauvage qui ne manque pas de beautés ; il domine tous les environs, et la riche prairie qui l'entoure est sillonnée par une petite rivière, où les habitants du pays viennent pêcher d'excellentes écrevisses et quelques truites saumonées.

Lorsque les mouettes et les oiseaux de nuit virent s'arrêter à la grande grille la voiture et les équipages, furieux d'être ainsi troublés dans leur paisible retraite, ils s'enfuirent à tire-d'ailes, faisant entendre leur cri rauque et menaçant ; et sans les railleries de maître Jacques, l'esprit fort de la troupe, les autres domestiques ne parlaient de rien moins que de s'en retourner comme ils étaient venus, en leur abandonnant le château.

Mais en quelques jours tout eut bientôt changé d'aspect : les mousses et les lichens qui avaient envahi la muraille disparurent, les clématites et le lierre sauvage ne vinrent plus comme autrefois disputer le passage aux promeneurs ; l'herbe des allées fut remplacée par un sable fin et doux, et le nid du hibou et de la chouette cédèrent leur place aux jolis oiseaux des forêts.

L'arrivée de la comtesse de Vernouville ne se fit pas longtemps attendre, et le samedi, la veille de Pâques, on put voir la calèche de voyage s'acheminer péniblement au milieu d'une route assez mauvaise pour les chevaux, mais la seule qui conduisît au château.

C'était un événement très-remarquable pour le pauvre village de Matour que le voisinage d'une grande dame, riche, veuve, et bonne comme on l'assurait ; c'était pour les uns du travail et du pain ; pour les autres, une espérance au soulagement de leur misère.

Ce fut donc un cri de bonheur général en la voyant passer belle et souriante, saluant avec grâce de la main et de la tête.... C'était comme une promesse, un engagement.... Chacun le comprit.

Aussi ne fut-on pas étonné d'apprendre que la comtesse débutait dans sa belle propriété par faire don d'une cloche à la pauvre église de Matour, et lorsque le tambour annonça à grands renforts de baguettes que la cloche devait être bénie le lendemain, lundi de Pâques, baptisée et nommée suivant l'usage par sa belle marraine de Vernouville, personne n'en fut surpris.

On fit prévenir les cultivateurs les plus pauvres, les ouvriers sans travail, qu'il y aurait toujours pour eux de l'occupation au château.

Puis on sut (que ne sait-on pas au village ?) que l'intendant de la comtesse avait remis secrètement une forte somme pour les infirmes et les vieillards ; qu'il était ensuite entré chez l'instituteur, avec lequel il avait causé très-longuement, et très-intimement.

Au bout du village de Matour se trouvait une pauvre maison bien pauvre, bien pauvre ; cette masure couverte en chaume, habitée par la mère Nicolle, c'est ainsi qu'on l'appelait, était composée d'un rez-de-chaussée, divisé en deux pièces, car la pauvre femme, âgée de quatre-vingts ans, ne demeurait pas seule. Veuve, presque aveugle, elle n'avait pas craint, la digne femme, de se charger de son petit-fils, resté orphelin à l'âge de trois ans ; elle n'avait pas calculé avec sa misère !... avec son peu de force pour les soins que demandait un enfant si jeune !... Non, elle l'avait pris, pensant que Dieu l'aiderait dans cette grande tâche, et elle ne s'était pas trompée ; non-seulement le petit François a atteint l'âge de onze ans sans se ressentir aucunement de sa position d'orphelin, mais la bonne grand'mère lui a prodigué tant de tendresse et d'amour, qu'il n'a rien à envier aux plus riches enfants, si ce n'est le luxe des habits et de la table.

François est plein de cœur et d'intelligence, studieux, travailleur ; il trouve ses distractions dans tout ce qui peut être utile à sa grand'mère ; il faut voir comme sa jolie figure s'illumine lorsque, revenant de la pêche, il apporte à la bonne Nicolle quelques écrevisses qui feront les frais de son modeste dîner ! comme ses grands yeux bruns brillent de bonheur !

On grandit vite dans le malheur, et la raison vient avant l'âge. Le petit François ne pensait ni aux jeux de corde ni aux jeux de boules ou de cerceau ; il n'avait qu'un désir, un seul : c'était, comme il le disait chaque jour à sa bonne grand'mère, de lui acheter une jolie chèvre qui pût lui fournir du bon lait ! là se bornait toute son ambition.

Car la pauvre femme ne possédait que son rouet avec lequel elle filait du lin qu'elle vendait à la ville, et qui lui rapportait bien peu ; la modeste pêche de l'enfant, et quelques œufs que pondaient deux poules que la mère Nicolle avait élevées, formaient les seules ressources de la mère et de l'enfant.

Mais ils étaient si sobres tous deux ! Ah ! si la pauvre femme n'eût pas été affligée de cette triste maladie des yeux que l'on nomme la cataracte ! Si elle eût pu voir son petit-fils François !... admirer son gentil visage.... Sans doute, elle passait souvent sa main dans ses beaux cheveux bruns.... elle caressait ses joues que le grand air et la bonne santé rendaient semblables à des pommes d'api....

elle baisait son front blanc que le hâle avait respecté.... Mais, hélas! elle ne le voyait pas!

L'instituteur lui avait bien dit, un jour, que cette maladie était guérissable, et qu'au moyen d'une habile opération on pouvait lui rendre la vue ; mais outre qu'il fallait se faire transporter dans une grande ville, cela coûterait encore beaucoup d'argent.... Elle si pauvre!... elle devait donc y renoncer.

Le jour où devait avoir lieu le baptême de la cloche fut un jour célèbre pour tous les habitants du modeste village de Matour. Dès le matin on allait, on venait avec empressement ; les plus vieux n'avaient pas souvenir d'une fête semblable ; chacun accourait d'une lieue à la ronde, vêtu de ses plus beaux habits.... de ceux qu'on ne tirait de l'armoire que dans les plus grandes cérémonies !... La pauvre Nicolle aussi avait sa part dans tout ce bonheur !... François était enfant de chœur, François avait la voix belle et devait chanter au lutrin! Il serait remarqué de la comtesse, peut-être même de l'archevêque du diocèse ; la bonne grand'mère n'en doutait pas !

Dès le matin, tous les abords de l'église avaient été tendus en belles tapisseries envoyées du château ; le soleil était splendide et la nature entière semblait s'associer à cette fête religieuse.

Un orgue tenu par un artiste de talent commença le *Laudate*. On apercevait au loin le cortége.

L'archevêque, la comtesse, le parrain qui devait nommer la cloche avec elle, arrivaient à pied, escortés de tous les jeunes enfants du village, tous enrubannés et joyeux comme pour un baptême!

La voiture de la châtelaine suivait derrière.

Parée de la plus riche toilette, madame de Vernouville paraissait ainsi et si belle et si digne, qu'on eut peine à contenir l'élan d'admiration et d'enthousiasme qu'elle souleva.

Au milieu de l'église, on voyait la grosse cloche posée sur une sorte d'estrade tout entourée de fleurs ou d'arbres verts.

Elle était habillée en dessous d'une tunique en batiste blanche, en dessus d'une robe de brocart d'or et d'argent et d'une large écharpe de même étoffe, le battant était retenu par un ruban de couleur éclatante et noué par un gland d'or.

La cloche fut bénie au milieu des chants sacrés. Le parrain et la marraine s'avancèrent, et lui donnèrent le nom de Marie-Charlotte-Louise de Vernouville, et chacun put en s'approchant lire ce nom gravé sur l'airain de la cloche.

Puis la marraine la première, le parrain ensuite, tirèrent le ruban attaché au battant, qui les salua aussitôt d'un bruit sourd et pourtant si sonore que tous les assistants en bondirent.

Des échafaudages avaient été préparés par les plus habiles charpentiers du village, et la cloche, maintenue par un appareil s'éleva, doucement jusqu'au clocher, à la grande surprise de tous les bons villageois de Matour qui en pleuraient de joie.... Mais lorsque Marie-Charlotte-Louise, en s'élevant eut laissé l'estrade déserte, un cri général s'éleva.... Douze beaux livres, sur lesquels sont marqués en lettres d'or le nom des élèves les plus studieux, viennent de sortir des flancs de la mère cloche, des boîtes de bonbons, des sacs de pralines noués de petits rubans roses achèvent de donner au yeux de tous un air de circonstance qui rend la fête plus gaie et plus complète.

L'instituteur appelle à haute voix les heureux préférés.

Le nom de François est arrivé le premier, il s'avance rouge de plaisir et va recevoir des mains de la belle comtesse, comme encouragement à sa bonne conduite, deux beaux volumes de l'Histoire de France ornés de riches gravures.

Madame de Vernouville l'embrasse en souriant.—Vous avez une fort belle voix, mon enfant, lui dit-elle, mais ce qui vaut mieux encore, c'est que vous êtes un excellent fils.... Nous nous reverrons.... Je veux faire connaissance avec votre bonne grand'mère!

Chaque élève reçoit à son tour la récompense qu'il a méritée.

Alors il n'y a plus moyen de contenir l'élan de joie de ces heureux parents et les cris de *Vive notre bonne châtelaine! Vive la comtesse!* retentissent sous le portique.

Et pendant que les quêteuses et le sacristain font le tour de l'église avec de grandes corbeilles de bonbons à la main et en offrent à tous les assistants, une pluie de dragées roule sur le pavé et redouble les joies de la fête.

La foule s'écoule et à mesure qu'une jeune fille franchit le seuil de la porte elle reçoit à son tour une boîte de bonbons! La cloche sonne! sonne à assourdir tout le village! car le nouveau sonneur n'a pas depuis longtemps exercé son métier.... Et plus il fait de bruit plus il pense que l'on doit être satisfait. La fête est si belle !

François est ivre de joie, il court embrasser sa grand'mère qui pleure de tendresse en serrant dans ses bras son enfant chéri.

Chacun rentre chez soi toujours au son de la cloche.... La mère Nicolle a retrouvé ses forces et ses jambes de quinze ans.

En approchant de sa chaumière, un bruit inaccoutumé vient frapper les oreilles de la mère et du fils.... D'où peut-il donc venir? ce ne peut être un voleur! Que viendrait-il chercher? La porte n'est jamais fermée qu'au loquet, et le jour et la nuit!... Non, c'est un animal sans doute, car l'on entend une sorte de hennissement.... François se précipite.... Il entre.... O joie.... ô surprise.... C'est une chèvre! une jolie chèvre blanche avec deux grosses mamelles pleines d'excellent lait, un collier en cuivre bordé de maroquin rouge avec six belles petites clochettes, est passé à son cou et rivé par un cadenas du même métal, une chaîne de fer maintient prisonnière la jeune lutine, qui paraît beaucoup plus disposée à faire mainte cabriole dans la vallée qu'à rester ainsi attachée.

François lit ces mots gravés sur le cadenas du collier : « Je suis l'envoyée de la cloche de Pâques... Prenez bien soin de moi... Je payerai votre peine au centuple. »

—Mon Dieu ! mon Dieu ! disait la bonne Nicolle, vous voulez donc me faire mourir de joie !

—Non ! dit une voix amie. Non ! Mais au contraire vous faire vivre cent ans. C'était l'intendant du château, M. maître Jacques, que dans leur grand étonnement la mère et le fils n'avaient pas aperçu.

—Voilà, poursuivit-il en tirant de sa poche un petit contrat de rente de deux cents francs, voilà pour mettre du sucre dans le lait ! La comtesse veut que vous ayez au moins le nécessaire.

Il s'était écoulé quelques mois depuis la cérémonie du baptême de la cloche, l'aubépine avait fleuri dans les haies et la rose églantine dans les bois, François avait conduit sa grand'mère chez la comtesse qui l'avait accueillie avec toute la déférence due à son âge et à ses vertus, et qui n'avait pas craint d'entrer avec elle dans les détails les plus minutieux relativement à sa position et à celle qu'elle espérait donner à François. « Il voudrait être musicien, avait dit la bonne femme ; mais je ne suis pas assez riche pour cela, j'ai besoin qu'il gagne promptement sa vie... Je suis bien vieille !... et avant de quitter ce monde je voudrais le voir avec un bon état qui puisse lui faire gagner son pain ; il est adroit, laborieux, dans un an il peut être menuisier comme l'était son père !... »

François baissa la tête, une larme roula sous sa longue paupière, mais il l'essuya furtivement.

—Je serai menuisier, ma bonne mère, dit-il en étouffant un gros soupir, puisqu'il le faut !... puisque vous le voulez !...

—Non, dit la comtesse, non, mon cher François, j'aime votre soumission, votre respect pour votre mère ! Non, vous n'êtes pas assez robuste pour faire un ouvrier... Nous ferons de vous un musicien, et puisque votre voix est juste et étendue et que vous avez tant de goût pour le chant religieux, vous serez maître de chapelle !...

François se jeta aux genoux de la comtesse en pleurant de joie.

—Merci ! Oh ! merci ! ma chère protectrice... Je vais tâcher d'être digne de vous !

—Et dire que je ne puis contempler ses beaux traits !... s'écriait la bonne grand'mère avec l'accent de l'enthousiasme. Si le bon Dieu pouvait m'entendre ?

—Il vous a entendue, ma chère Nicolle ! et c'est un bonheur qu'il vous réserve par mon intervention. Écoutez-moi ! D'ici à quelques jours on aura préparé au château un petit logement dans le pavillon attenant au logement du jardinier ; vous viendrez l'habiter, vous et votre François. L'enfant recevra ici toutes les leçons préparatoires à l'art qu'il doit embrasser... Vous, ma bonne Nicolle, vous attendrez paisiblement l'arrivée de mon frère, médecin et chirurgien du plus grand mérite ; il doit venir ici passer un mois de vacance, c'est autant qu'il en faut pour vous rendre la vue... Sa main est aussi sûre que sa science est certaine.

—On ne meurt donc pas de joie! s'écriait la pauvre femme en joignant les mains... Et quelle prière inventer pour conserver les jours d'une si digne châtelaine?... Quoi! madame la comtesse, mes pauvres yeux reverraient la lumière?... Vous êtes donc une fée? la fée bienfaisante de tout le pays?

—Allons! allons! mes bons amis, puisque la mort de mon pauvre comte, si regretté, ne me permet plus d'autre bonheur que celui d'adoucir autant qu'il est en mon pouvoir l'infortune de mes semblables, félicitez-moi... car je sens qu'il satisfera largement au besoin de mon cœur!

Bientôt la pauvre école de Matour, qui jusqu'alors n'avait pu offrir en prix à ses élèves que de bien modestes gravures put disposer chaque année d'un fonds destiné à une distribution dans toutes les règles.

En mémoire de la bénédiction de Marie-Charlotte-Louise, le jour même de l'anniversaire du baptême, douze petites filles et douze petits garçons choisis parmi les plus pauvres, tout habillés de neuf et portant un bouquet, se rendaient en procession au château, où la bonne comtesse distribuait elle-même le prix de *la Cloche de Pâques*, c'est ainsi qu'elle l'avait nommé; le prix était composé de quelques beaux volumes pour les uns, et le grand prix, d'une somme de cent francs, pour payer l'apprentissage du plus méritant. A partir de ce moment, il n'y eut bientôt plus dans tout le village un seul ouvrier sans ouvrage, un seul cultivateur dans la détresse.

Mais un des meilleurs jours pour l'excellente comtesse fut celui où, tremblante d'émotion, elle conduisit son frère tout récemment arrivé de la ville, chez la pauvre Nicolle.

—Allons, ma bonne mère, lui dit l'habile chirurgien en examinant ses yeux, allons, un peu de courage, et nous allons vous rendre la vue... Aujourd'hui même vous verrez ceux que vous aimez!... Vous reverrez les fleurs... les champs... le soleil... Calmez-vous, ajouta-t-il, en la voyant tout émue, calmez-vous!...

Et l'encourageant avec ces bonnes paroles qui viennent du cœur, quelques minutes étaient à peine écoulées que, pleine de confiance, l'espoir et le sourire sur les lèvres, Nicolle se livrait au talent de celui qui allait devenir son sauveur. François s'était éloigné un instant; il pleurait, le pauvre enfant. Il tremblait de joie, d'inquiétude; il se promenait à grands pas, la tête brûlante, le cœur palpitant.

Tout à coup il entend prononcer son nom; il court.

—François! mon cher François! s'écrie la malade en le voyant entrer, je te revois donc avant de mourir!... Oh! que tu es beau!... approche-toi... Et vous, chère bienfaitrice, vous êtes bien l'ange que mon cœur avait su deviner!... A vous, merci! merci! mon sauveur, dit-elle en plongeant le regard dans les yeux du médecin encore posé vis-à-vis d'elle.

—Assez, assez, dit l'opérateur en lui fermant aussitôt les yeux; et lui posant sur les paupières un appareil doux et compacte pour intercepter toute lumière; il recommanda le calme le plus parfait et les plus grandes précautions.

Tout le village connut bientôt le résultat de cette savante opération et voulut venir féliciter la bonne Nicolle, mais François, installé à son chevet et qui ne la quittait ni le jour ni la nuit, avait reçu du médecin l'ordre formel de ne laisser approcher d'elle que vers le quinzième jour, la moindre agitation pouvant enflammer le cerveau et déterminer une fièvre dangereuse pour la vie de la malade.

Nicolle était encore robuste malgré son âge; une vie sobre, laborieuse, une excellente conscience, l'avaient préservée de toutes les maladies qui souvent accablent la vieillesse. Aussi au bout de trois semaines, les yeux garantis par les précautions d'usage en pareil cas, put-elle se promener fièrement dans le parc regardant avec une joie enfantine les objets les plus ordinaires, les nommant par leur nom, désignant leur couleur!...

On eût dit aussi que *Follette* (c'est ainsi que François avait nommé la chèvre) comprenait la joie de la mère et du fils! Ce n'étaient que bonds et sauts burlesques! Sans façon elle venait poser ses deux mignonnes pattes blanches sur les épaules de la vieille femme; secouant gaiement sa tête pour faire sonner ses grelots, elle la regardait de ses grands yeux doux et jaunes et ne consentait à s'éloigner qu'après avoir obtenu force baisers, force caresses!

Une fois satisfaite, elle caracolait dans les larges avenues du parc, décrivant de grands cercles, en folles cabrioles, et poussant de petits cris d'une expression si bizarre que l'on eût dit quelquefois qu'elle essayait de s'initier au langage de ses chers maîtres; ce qu'il y avait au moins de certain, c'est qu'elle prenait une grande part à la joie générale.

Que vous dirais-je de plus, mes chers petits lecteurs? Je n'ai plus que du bonheur à vous raconter! Nicolle habite toujours le logement que la comtesse lui a généreusement accordé sa vie durant; l'hiver elle file son lin bien chaudement à côté d'un bon feu qu'elle alimente avec le bois mort qu'elle ramasse dans le parc.

L'été, elle prend sa chaise et s'assied près de sa porte où pousse un grand rosier grimpant dont elle aime à compter les roses.... Elle écoute le chant des fauvettes et des rossignols.... elle regarde les papillons et suit des yeux les insectes aux mille couleurs.... Puis, quand passe la belle comtesse.... oh! c'est là son plus grand bonheur!... elle joint les mains! des larmes de joie coulent de ses yeux!—Comme je prierai pour vous quand je serai là-haut! lui dit-elle, il faudra bien que le bon Dieu se charge de ma dette, puisqu'il sait que je ne puis l'acquitter!

Au mois d'avril suivant, Nicolle assista à la distribution de la cloche de Pâques. Cette fois elle vit de ses deux bons yeux, rendus à la lumière, couronner son cher François pour la dernière fois, car il allait désormais se livrer exclusivement à l'art qu'il devait embrasser.

Il fit de si fructueuses études, et sut si bien se faire remarquer par son aptitude et sa bonne conduite qu'à l'âge de dix-huit ans il fut nommé maître de chapelle.

Et quand on félicitait Nicolle sur tant de bonheur,—Oui, répondait-elle en riant, oui, tout cela, nous le devons à la Cloche de Pâques!

Les jeunes filles coururent cueillir un bouquet de fleurs des champs surmon-té d'une grappe de raisin blanc et l'offrirent à la fermière... ...

LES VENDANGES

ANS un ancien hôtel de la rue de Varennes, à Paris, habitaient le comte de Bessac et sa femme. Modestes, ayant des goûts très-simples, ils recevaient peu de monde, et les deux époux trouvaient tout leur bonheur dans leur mutuelle affection. Leur fortune consistait en fermes, en propriétés d'un rapport très-assuré et très-certain; aussi leur bonheur eût été parfait, si depuis dix ans déjà qu'ils étaient mariés le Ciel leur eût envoyé un héritier.

Enfin la petite Juliette vint au monde ! Ce fut d'abord une grande joie ; on fit faire une jolie layette, des petits bonnets ravissants garnis de choux couleur de rose, des brassières par douzaines, tout ornées de valenciennes, etc., etc. Car madame de Bessac avait eu l'intention de garder près d'elle cette enfant chérie. Mais, hélas ! la pauvre petite était si chétive, si délicate, que les médecins, consultés à ce sujet, déclarèrent qu'un air vif et pur, et le lait d'une jeune et robuste nourrice pouvaient seuls consolider une santé si frêle !

Jeanne, la femme d'un cultivateur nommé Farou, consentit avec joie à partager le lait qu'elle donnait à sa petite Geneviève ; la jeune femme était si robuste qu'elle pouvait facilement suffire à toutes deux.

Pour reconnaître ce service, outre de bons honoraires, le comte de Bessac envoya les époux Farou dans une ferme qu'il possédait à Charolles, et qu'une circonstance particulière venait de rendre vacante en ce moment.

Jean Farou était le fils d'un fermier de la Normandie; il était filleul du comte, et lui et toute sa famille étaient entièrement dévoués à la famille de Bessac ; il ne s'était pas écoulé trois mois que l'ordre parfait qui régnait à la ferme, la bonne conduite et le savoir avec lequel elle était dirigée, avaient pleinement justifié le choix du propriétaire.

Jeanne était accorte et gracieuse, douce et bonne aux ouvriers qu'elle occupait, mais elle était sédentaire, ne recevait qui que ce soit, et excepté pour les besoins de la ferme elle ne parlait à personne. Farou n'allait jamais au cabaret, ne sortait pas sans sa femme, et causait très-rarement.

Ce qui faisait dire au berger Bourguignon, employé à la ferme depuis son jeune âge, que cela ne s'était jamais vu ! et qu'il y avait bien certainement là-dessous quelque mystère !

Mais comme le pauvre garçon passait généralement pour être fou ou idiot, on ne fit pas attention à ses observations, et les gens du pays finirent même par pardonner au fermier sa discrétion et sa vie intime de famille.

La petite Juliette était si chétive dans les premiers mois de sa naissance que les lettres de la bonne Jeanne vinrent plus d'une fois troubler la sécurité de la tendre mère en la faisant trembler sur la vie de cette enfant si désirée et tant aimée.

Depuis la naissance de Juliette, la santé de la comtesse, déjà très-chancelante, donnait de vives inquiétudes. Ne pouvant faire le voyage et venir embrasser son enfant, le bon père se chargeait de ce soin. Il fallait voir avec quelle anxiété la pauvre mère attendait son retour, étudiait sa réponse dans ses yeux !... C'étaient des questions sans fin, des riens qui font la joie des mamans, et que les pères peuvent à peine comprendre !... Si elle croyait surprendre sur son front un léger nuage de tristesse; aussitôt elle voulait partir, voir, juger par elle-même !... Le pauvre comte paraissait quelquefois fort embarrassé de ses réponses.

—En vérité, disait-il alors, presque avec un peu d'humeur; ai-je donc pris garde à tout cela ? Ta tendresse maternelle finira par te tourner l'esprit.

Puis il se levait, en faisant un léger mouvement d'épaules, et passait pendant quelques minutes dans son appartement.

—Le comte a raison ! disait la douce femme, je dois être fort ennuyeuse avec mes questions !... Et lorsqu'elle le voyait revenir, elle courait au-devant de lui.

—Pardonne, cher ami, disait-elle en l'embrassant, je comprends qu'un homme ne puisse faire sur tout cela les mêmes remarques que nous.... Aussi, vois-tu, maintenant, je me porte beaucoup mieux, et bientôt je pourrai t'accompagner..... Ma petite Juliette ! Oh ! c'est ma vie à moi !

Le comte eut alors comme un singulier mouvement de terreur et de tristesse.

—Je crains bien, répliqua-t-il en regardant sa femme avec tendresse, que tu ne puisses supporter le voyage.... tu te crois plus forte que tu ne l'es réellement !

Comme on était alors au commencement de la mauvaise saison, il fut convenu que vers le printemps suivant, sans plus de retard, madame de Bessac ferait avec son mari le voyage de Bourgogne. Jusque-là, le bon père se chargerait d'aller encore, une ou deux fois, voir Juliette.

Le premier voyage qui suivit cette promesse, et qui eut lieu au bout d'un mois, fut des plus heureux ; l'enfant avait fait en santé d'énormes progrès, et au second voyage, le comte annonça à sa bien-aimée femme, qu'il l'avait trouvée dans un tel état, qu'il était impossible de croire maintenant qu'une aussi belle petite fille eût pu naître si délicate !

Au contraire, la bonne Jeanne, frappée dans ce qu'elle avait de plus cher, venait d'éprouver un grand chagrin.... A la suite de violentes convulsions, la colonne vertébrale de la pauvre petite Geneviève avait dévié.... l'enfant était infirme pour toujours; on doutait même de sa vie !

La comtesse était bonne, elle s'affligea bien pour Jeanne de cette triste nouvelle, mais comme l'amour maternel n'est pas exempt d'un peu d'égoïsme, elle remercia Dieu du fond de son cœur en pensant que cet accident n'était pas arrivé à sa Juliette.

La pauvre mère sentait que ce coup eût achevé de la tuer.

Enfin, ce printemps si désiré arriva, et malgré le mauvais état de sa santé, la comtesse se mit en route; cette fois ce ne fut pas une espérance vaine, la jeune femme embrassa son enfant.... Elle fut bien récompensée des fatigues du voyage par la joie qu'elle ressentit de la trouver et si belle et si forte.

Quant à Geneviève, la pauvre fermière ne la montrait qu'avec une sorte d'embarras. Une espèce de honte semblait s'emparer d'elle, lorsqu'elle racontait les détails de la triste maladie qui l'avait réduite à cet état de difformité et de rachitisme ! Aussi la cachait-elle à tous les yeux, et ne laissait-elle pénétrer près d'elle que le docteur.

Les mères de la campagne ont aussi leur amour-propre; il est d'autant plus grand qu'elles le placent uniquement sur la tête de leurs enfants.

Pourtant Geneviève eût été bien plus belle que Juliette, si la maladie n'avait altéré ses traits merveilleusement fins et délicats. Ses yeux seuls avaient conservé toute leur beauté et une grande expression de douceur et d'intelligence.

Lorsque Juliette eut atteint l'âge de quatre ans, la comtesse, jugeant qu'elle pourrait sans danger supporter le changement d'air, la fit revenir près d'elle. Sa bonne santé n'en souffrit nullement, et sa force et sa fraîcheur faisaient l'orgueil et la joie de sa mère.

M. de Bessac souriait à ce charmant tableau, mais moins démonstratif sans doute dans son amour paternel, la comtesse lui reprochait parfois de ne pas caresser assez sa jolie enfant.

La première enfance de Juliette s'écoula promptement; chaque année la bonne fermière Jeanne venait passer quelque temps à l'hôtel de la rue de Varennes; elle amenait alors la pauvre petite infirme, M. de Bessac l'exigeait ainsi. Sans doute le malheur de Geneviève le touchait, lui, si bon, car il ne pouvait pas voir sa petite figure, si pâle et si douce, ses grands yeux si intelligents, sans qu'un vif sentiment de pitié se peignît sur sa figure.

Juliette était heureuse sans doute de voir celle qu'elle nommait sa sœur; mais la différence du costume, du langage de la campagne à celui de Paris, paraissait la choquer singulièrement. Sans être méchante, Juliette avait un penchant à la fierté, à l'orgueil, qui désespérait son père.—N'oubliez pas, lui disait souvent cet homme modeste et bon, que Geneviève est votre sœur. Vous avez été nourries du même lait, vous êtes toutes deux mes enfants! et mon cœur ne fait entre vous aucune différence!... La comtesse elle-même avait fait vingt fois de sévères remontrances à sa fille sur ce sujet; tout était inutile, et c'était toujours avec une certaine hauteur qu'elle accueillait Geneviève et sa nourrice.

Mais la bonne Jeanne ne s'en apercevait même pas, elle ne pouvait se lasser de regarder celle qu'elle appelait toujours sa chère fille, elle semblait en être fière, et l'embrassait si tendrement, que Mᵐᵉ de Bessac se sentait parfois au cœur un sentiment de jalousie contre la bonne nourrice; sentiment tout instinctif, hâtons-nous de le dire, et que l'excellente femme chassait aussitôt, comme indigne de son noble cœur!

Juliette venait d'atteindre sa onzième année, lorsqu'un malheur longtemps prévu vint remplir l'hôtel de la rue de Varennes de deuil et de tristesse. La comtesse mourut en bénissant l'époux qui avait toujours tout sacrifié à son bonheur, et en lui recommandant sa bien-aimée Juliette.

M. de Bessac fut longtemps inconsolable; son caractère devint sombre, irascible; il ne voulait plus voir personne; la vue même de sa Juliette paraissait lui être devenue sinon désagréable, du moins indifférente.

Il faisait de fréquents voyages en Bourgogne, et la ferme de Jeanne était le seul endroit où il parût trouver un peu de tranquillité. Il se chargea de l'éducation de la petite Geneviève qui, douée d'une intelligence extrême, le seconda avec tant d'ardeur que bientôt elle eut dépassé de beaucoup Juliette. Il est remarquable que tous les enfants privés par la nature de la force physique, en sont ordinairement dédommagés par de grandes facultés de l'esprit et de la mémoire.

M. de Bessac se complaisait dans cette éducation, qui lui donnait un moyen de stimuler un peu la paresse de Juliette; il restait quelquefois des mois entiers à la ferme, et ne revenait à Paris que pour les affaires indispensables.

L'on était à cette époque de l'année où le soleil, encore chaud, semble vouloir faire à tous de caressants adieux; le raisin, déjà mûr, attendait la vendange. On sait que cette époque est une réjouissance pour les habitants des campagnes.

Depuis quelques jours, la pauvre Geneviève attendait Juliette avec impatience; elle allait prendre sa part des plaisirs champêtres de la vendange. M. de Bessac ne tarderait pas à la rejoindre. Ce n'était pas sans pousser quelques gros soupirs que Geneviève pensait à l'arrivée de celle qu'elle nommait sa sœur, à celle qui avait été nourrie du même lait.

La délicate organisation de Geneviève l'avertissait que le moment n'était pas éloigné où Juliette nierait cette parenté, toute d'affection et de sentiment. Le cœur ne saurait se tromper, et lorsqu'à l'arrivée de la belle Parisienne, Geneviève se précipitait avec tant de bonheur au-devant d'elle, elle reculait quelquefois, intimidée par son regard froid et hautain.... Elle se détournait alors pour cacher une larme que lui arrachait le sentiment de son affection dédaignée!... Mais bientôt, dominée par son excellente nature, elle oubliait cette première impression; et Juliette, vaincue par ce cœur si rempli de tendresse, consentait enfin à se laisser aimer.

Pauvre Geneviève! elle n'était pas exigeante! elle n'en demandait pas davantage.... C'était alors des surprises sans fin pour Juliette. Aujourd'hui, un nid de merles dénichés dans le bois, un joli rossignol sifflant d'une manière remarquable l'air favori de la belle Parisienne, et répétant son nom; puis c'était au réveil de la gentille dormeuse, des bouquets d'aubépine, d'églantier, des couronnes de bluets que la coquette enfant entrelaçait avec ses cheveux blonds; puis, des petits poulets éclos le matin même, avec la mère couveuse étendant les ailes pour les préserver du froid et de la pluie. Un autre jour, c'était un petit chevreau avec son minois naïf et lutin à la fois, faisant mille joyeuses cabrioles à dérider les plus maussades; c'était encore le poulain nouveau-né courant dans la prairie, et s'approchant par bonds malicieux, pour tirer à belles dents le chapeau de paille de Juliette.

Le grand jour de la vendange était enfin arrivé! Montées sur un pacifique cheval, approprié à la taille de nos petites vendangeuses, solidement assises par les soins de la nourrice, entre les deux paniers obligés, Geneviève rassurait Juliette qui poussait de petits cris de frayeur à chaque cahot imprimé au trot du cheval, sur une route remplie d'ornières, et d'où le bon animal avait peine à se tirer.

La pièce de vignes par laquelle on allait ouvrir la vendange était peu éloignée de la ferme, mais elle l'était encore trop pour des jambes aussi peu exercées que celles de Juliette. Quant à Geneviève, quoique plus mince et beaucoup moins grande que sa sœur de lait, elle n'avait consenti à s'asseoir auprès d'elle en surchargeant ainsi la monture, que pour lui être agréable, et à ses premières démonstrations de frayeur, elle s'était empressée de descendre et de prendre *Coco* par la bride en le conduisant elle-même.

C'était quelque chose de merveilleux à voir que cette belle et riche campagne! les ceps rompaient sous le poids du plus beau raisin. Les travailleurs chantaient gaiement, les bachots s'emplissaient, et le bon cheval *Coco* portait paisiblement paniers et bachots à la cuve; puis, il revenait pour repartir encore.... Bon animal!

L'air si vif du matin avait ouvert l'appétit aux deux jeunes filles, et le pain de la ferme, quoique moins tendre et moins blanc que celui de Paris, disparaissait à qui mieux mieux au milieu des frais éclats de rire et de la gaieté franche de ces deux enfants.

Aussi malgré ses tendances orgueilleuses, Juliette se plaisait à la ferme, où d'ailleurs tous les domestiques la traitaient avec beaucoup d'égards.

Quant à Jeanne la fermière, elle se laissait aller bonnement et franchement à gâter son enfant de Paris, qu'elle ne se lassait pas d'admirer, à ce point que toute autre que Geneviève en eût été jalouse; mais la douce nature de cette charmante enfant la mettait à l'abri de ce vilain défaut!

Les deux sœurs de lait venaient d'atteindre leur douzième année. Juliette était grande pour son âge, et promettait d'être ce que l'on appelle vulgairement une belle fille; elle avait de grands yeux bleus, un teint éblouissant, des cheveux d'un blond d'or; ces avantages la faisaient admirer de tous les habitants du village, qui considèrent la force et la santé comme le type de la véritable beauté... et peut-être ne se trompent-ils pas! Pourtant un Parisien eût peut-être souhaité à la jeune fille un peu plus de modestie dans le regard, un peu plus de délicatesse dans la taille, un peu plus de souplesse dans le maintien.

Geneviève, au contraire, chétive, petite, l'épaule légèrement déviée, portait sur le visage le cachet maladif que le rachitisme de son enfance y avait imprimé. Aussi au premier abord n'inspirait-elle qu'une sorte de pitié douloureuse, mais ses yeux bruns garnis de grands cils étaient si limpides, son regard si doux, ses traits si réguliers et si fins, qu'après l'avoir envisagée quelque temps on ne pouvait détacher ses yeux de cette figure angélique. Sa parole aussi avait un charme indéfinissable. On se demandait quelquefois comment la nature avait été si bizarre de faire naître d'une mère robuste un enfant si délicat, lorsque Juliette au contraire grande et forte ne tenait en rien de la comtesse de Bessac.

Au nombre des travailleurs admis aux vendanges se trouvait le berger de la ferme, Bourguignon (c'est ainsi qu'on le nommait); étant né à Charolles, on l'avait vu tout petit; orphelin, chacun lui avait tendu la main en l'occupant suivant son âge et sa capacité; louche, bancal, plein de malice et de ruse, il avait cette gaieté caustique qui fait la joie de l'habitant des campagnes; pourtant, l'incohérence, le décousu de sa conversation, l'avait fait surnommer le fou; il tirait les cartes, disait la bonne aventure, et ne manquait pas d'une sorte de savoir pour la guérison des maladies des bestiaux et même des hommes; il aimait parfois à obliger, mais malheur à celui qui lui faisait une injure, il trouvait tôt ou tard, le moyen de s'en venger.

Employé à la ferme depuis douze ans en qualité de berger, il connaissait une foule d'histoires et savait tout ce qui se passait dans le pays.

Grâce à son astuce et à sa persévérante curiosité, il finissait toujours par découvrir ce que l'on voulait lui cacher!

La fermière semblait le redouter. Pourquoi? On l'ignorait; elle n'avait jamais eu avec lui le moindre démêlé, la moindre querelle, et cependant quand il fixait sur elle son œil louche et fauve, elle paraissait troublée, inquiète.

Bourguignon prenait sa part des vendanges, c'était son droit de chaque année, et depuis le matin chacun riait à gorge déployée des quolibets et des lazzi qu'il débitait avec un aplomb imperturbable.

L'*angelus* venait de sonner à la grosse cloche de l'église, lorsque l'odeur d'une appétissante soupe aux choux vint provoquer une acclamation universelle.

—A la gamelle! à la gamelle! crièrent vingt voix ensemble.

On déposa sur le fond d'un tonneau une large bassine en cuivre, brillante comme de l'or, contenant le déjeuner des vendangeurs, c'est-à-dire de la soupe aux choux et un énorme morceau de lard.

Le tout flanqué de chaque côté d'une grande cruche pleine de vin et d'une grosse miche de pain bis.

Ce furent des cris, un hourra et une hilarité générale, car ce premier jour de la vendange étant pour ainsi dire le jour de *mise en train*, chacun jouissait d'une liberté inusitée dans tout le cours du temps qui devait suivre.

Il y eut un instant de joyeux pêle-mêle, les jeunes gens avaient apporté des flots de rubans de toutes couleurs qui, lancés dans les airs, formaient autant de coquettes banderoles. Ce furent alors des courses, des sauts, des cris à qui en obtiendrait un bout. Les femmes en firent des rosettes à leur corsage, les hommes en paraient leur chapeau comme pour une noce. Les jeunes filles coururent cueillir un bouquet de fleurs des champs surmonté d'une branche de raisin blanc, et l'offrirent à la fermière Jeanne, qui le reçut avec son plus gracieux sourire et qui, versant du vin dans un verre, but elle-même à la santé de tous.

Puis Jean Farou prit le verre des mains de sa femme et le passant ainsi de main en main, on but à la prospérité de la ferme, à la vendange! à la Bourgogne! etc.

Puis on entoura la barrique et la soupe toute fumante, et jeunes et vieux se mirent à danser en chantant avec l'accent bourguignon la ronde connue des moissonneurs :

Ah! que je suis donc chagriné,

Que Jean-Pierre soye engagé,

Hélas ! il est parti,

Avec son grand fusil,

Pour tuer les ennemis.

Tra la la, la la, la la,

Tra la la, la la, la la la,

Tra la la, la la, la la la,

Tra la la, la la, la la la !

Et chacun marquait la mesure avec ses sabots.

Lorsque la ronde fut finie, chacun s'assit en cercle autour de la gamelle, où se trouvaient déposées autant de cuillers d'étain qu'il y avait de convives, et chacun s'apprêta à tremper la sienne à son tour dans la vaste écuelle.

Juliette s'assit comme les autres, mais quand ce fut son tour de prendre la cuillerée de soupe, elle détourna la tête, et un sentiment de dégoût vint se peindre sur son visage.

—Tu n'as pas faim, n'est-il pas vrai? dit Geneviève en rougissant, et pour pallier s'il était possible l'acte de Juliette, car elle avait compris que le refus de la jeune fille allait froisser ces braves gens.

—Je ne saurais manger ainsi! répondit-elle avec un geste de fierté.

—A la guerre comme à la guerre! crièrent aussitôt tous les bons villageois, et plus d'un seigneur de village n'a pas dédaigné la gamelle! plus d'un général en campagne a mangé la soupe avec ses soldats!...

Le facétieux berger commença aussitôt une foule de quolibets, tous à l'adresse des Parisiennes, comme il les appelait, et sous ces dehors de la plaisanterie, il était bien facile de juger que l'ombrageux Bourguignon regardait le refus de Ju-liette comme un outrage.

—A la bonne heure! dit-il en regardant Geneviève prendre gaiement sa cuil-lerée, à la bonne heure, voici une gentille *demoiselle*, et il appuya sur ce mot en lançant à la fermière un de ses regards fauves comme il en lançait quelquefois. Une demoiselle qui ne fait pas la mijaurée!... Elle ne fait pas fi du pauvre monde! et pourtant Mlle Geneviève serait très-bien à sa place à la table du château... N'est-il pas vrai, dame Jeánne? Vous savez ça mieux que personne, ajouta-t-il.

La fermière rougit et resta un instant sans répondre.

—Voilà assez de plaisanteries, dit-elle au berger d'un ton sévère, riez si cela vous plaît; mais laissez ces enfants tranquilles!... Vous effrayez Juliette, qui n'est pas accoutumée à vos façons!

—Patience! patience! grommela le berger en s'éloignant, faudra bien qu'elle s'y fasse!

Cette petite scène, qui ne dura qu'une seconde, avait eu lieu à part, et passa inaperçue au milieu de la troupe affamée qui criait plus fort que jamais :—Allons donc! Bourguignon! allons donc! on n'attend plus que toi!

Il n'est pas besoin de dire comment Bourguignon s'en acquitta; mais quand on but à la tournée, chacun dans le même verre, il regarda Juliette et lui porta une santé en faisant un geste, une sorte de grimace si comique, que personne ne put retenir un éclat de rire.

Juliette se leva aussitôt, le rouge de la colère empourprait ses joues. Ses lèvres eurent une expression de dédain si marqué qu'il s'éleva une sorte de hourra parmi les vendangeurs étrangers.

Elle s'éloigna pour cacher ses larmes, en prenant droit le chemin de la ferme.

La bonne Geneviève accourut aussitôt, et jetant ses deux bras autour du cou d'Henriette :

—Bonne petite sœur! Oh! je t'en prie, ne fais donc pas attention à ce méchant idiot! Sèche tes larmes! ma bonne Juliette, et oublie cela auprès de nous tous qui t'aimons tant!

Mais Juliette, loin de répondre aux élans de tendresse de Geneviève, recula de deux pas en arrière, et prenant cet air superbe qui la quittait rarement :

—Tout est fini, dit-elle froidement, entre la ferme et moi ! Mon père doit venir dans deux jours, et... je ne reviendrai jamais... Nous ne nous reverrons plus !...

—Mais tu oublies, dit Geneviève en pleurant à son tour, tu oublies que ton père m'emmène avec toi à Paris, pour que nous achevions ensemble nos études. Tu sais qu'il l'a dit, il veut que je partage toutes tes leçons, même celles de musique...

—Pour vivre au milieu de ces gens-là ! reprit ironiquement Juliette, la chose est vraiment bien utile... pour épouser un de ces lourdeaux !

. —Tiens, ma chère Juliette, tu ne les connais pas, reprit vivement Geneviève, blessée à son tour dans sa tendresse pour sa mère et pour les siens, non, tu ne les connais pas ! et ton orgueil leur prête des défauts qu'ils n'ont pas ! Sois bonne avec eux, ils seront respectueux avec toi... ce sont tous d'honnêtes cultivateurs ! Est-ce donc un métier si peu noble que l'on doïve en rougir ! Va, Juliette, pas un d'entre eux ne voudrait accepter l'habit galonné des valets.,. Ils sont trop fiers, trop indépendants pour cela !... Tu les as blessés dans leur dignité !... Pardonne la franchise avec laquelle ils te l'ont laissé voir ! Le ver sur lequel on marche se relève bien quelquefois !

Geneviève s'était redressée en parlant ainsi, son teint pâle avait pris une teinte animée, et ses beaux yeux bruns, si doux ordinairement, lançaient des éclairs de fierté et d'intelligence. Pour la première fois Juliette en fut surprise.—Elle est vraiment belle ainsi ! se dit-elle. Qui croirait cela ? Je ne m'étonne plus de l'admiration de mon père pour elle.

Juliette se sépara de Geneviève, qui cette fois s'éloignait à grands pas et sans se retourner.—Geneviève ! Geneviève ! entendit-elle tout à coup, Geneviève, ma sœur ! ne t'en va pas ainsi !...

C'était Juliette qui lui tendait les bras en la regardant partir, le visage inondé de larmes.

—Chère Juliette ! Oh ! comme j'ai été sévère, dit Geneviève en la couvrant de baisers. Pardonne..., pardonne-moi !

—Tu ne m'en veux pas ? dit Juliette. Oh ! c'est moi, c'est moi qui ai eu tort... Tiens... c'est ce maudit orgueil qui me rend méchante... car au fond je vous aime !... Mon Dieu ! j'aime Jeanne comme ma mère... Et toi, ma bonne Geneviève, ne sommes-nous pas vraiment sœurs ? puisque le même lait nous a nourries... D'ailleurs, mon père t'aime comme son enfant. Oh ! je sens bien qu'il a raison, car tu es un ange, ma bonne Geneviève !

Juliette, en parlant ainsi, avait passé son bras autour du cou de Geneviève, un peu plus petite qu'elle, et toutes deux enlacées, elles interrompaient quelquefois leur marche pour se donner un de ces chastes et bons baisers, dont les anges eussent pu être jaloux.

—C'est convenu ! dirent-elles enfin toutes deux, nous n'y penserons plus !...

Et essuyant leurs yeux, nos deux enfants, avec l'insouciance et la gaieté de leur âge, reprirent gaiement le chemin de la pièce des vendanges.

Tout à coup Juliette s'arrêta.

—Vois donc, dit-elle à Geneviève, vois donc la belle pelouse... Cela donne envie de s'y asseoir!... de s'y reposer!... Sais-tu que nous nous sommes levées de grand matin!...

La pelouse était abritée par un bouquet de bois de noisetiers; sous son ombre la pervenche étalait sa luisante verdure et ses fleurs bleues comme le ciel; un jet d'eau vive, dont la source se cachait dans les hautes herbes, descendait en murmurant jusqu'au bord du chemin, et sans le bruit qu'il produisait, on n'eût pu le deviner.

—Repose-toi ici un instant, dit Geneviève à Juliette, tu n'es pas habituée au soleil de la Bourgogne, et à nos excursions matinales!... Tu n'as pas aujourd'hui tes fraîches couleurs habituelles! ajouta-t-elle en regardant avec un tendre intérêt le visage un peu bruni de la belle Parisienne.

Et lui faisant un nid entre la mousse et les fleurs :

—D'ici tu peux nous voir vendanger... Vois, ce n'est qu'à deux pas !... Si tu t'ennuyais, il faudrait m'appeler... je serais là aussitôt !...

—Bonne Geneviève !... Merci! merci! ma bonne sœur !... Embrasse-moi...

Geneviève s'éloigna radieuse. C'est que pour la première fois peut-être Juliette venait de répondre à sa tendresse. Pour la première fois elle la traitait en sœur.

Juliette passa un bras sous sa jolie tête. Elle entendait le chant de la fauvette et des petits oiseaux des bois. Les insectes aux ailes d'or bruissaient autour d'elle. D'un œil souriant, elle contemplait ces danses bizarres que des nuages de moucherons exécutaient dans l'air.

Elle entendait le bruit des travailleurs, et quoiqu'elle ne pût pas positivement comprendre leurs paroles, elle distinguait parfaitement la voix de Jeanne et de Geneviève.

Elle resta ainsi quelque temps dans une sorte d'extase, car Juliette, malgré ses petits défauts, était sensible aux beautés de la nature. Tout à coup un léger bruissement comme celui de l'herbe qui plie sous les pieds lui fit tourner la tête, elle voulut pousser un léger cri, la frayeur cloua sa voix au fond de sa gorge.

Le berger Bourguignon était debout devant elle.

Il la regarda un instant de son œil fauve et louche.

—Oh! n'ayez pas peur! la belle demoiselle, lui dit-il en riant, je ne veux vous faire aucun mal... Tenez... je ne veux vous dire qu'un petit mot. Le voici : Vous faites la fière dans ce pays! vous dédaignez les paysans... Ça ne vous sied pas, voyez-vous, la fierté n'est qu'une sottise, et l'Évangile dit que celui qui s'élève sera abaissé... et que celui qui s'abaisse sera élevé... Eh ben, j'vous prédis que ça sera tout comme ça...

Et comme Juliette le regardait avec une sorte d'étonnement mêlé de frayeur, fascinée qu'elle était par ces paroles dont elle cherchait vainement à comprendre le sens, il ajouta, en faisant le geste de se pencher à son oreille :

—Si vous voulez connaître tout le mystère, ce soir, quand vous serez, à la ferme dans votre chambre... prenez un petit coffret de bois de rose que vous trouverez en cherchant sur la corniche de l'armoire, ouvrez-le, vous y verrez la preuve de ce que je vous dis... Une demoiselle comme vous, ça lit dans l'écriture! Je sais bien y lire, moi!

Et le méchant fou se mit à rire à gorge déployée.

—Adieu! la belle demoiselle, ajouta-t-il. Ce soir, vous saurez tout!... Mais pour cela il ne faut prévenir ni la bonne demoiselle Geneviève, ni la fermière! Les oiseaux seraient dénichés...

Le berger s'éloigna en faisant entendre son ricanement ordinaire. Juliette était restée muette et incapable de bouger de place... Cependant, quand elle fut débarrassée de la présence de celui qui l'avait tant effrayée, elle revint à elle, et tâcha de mettre de l'ordre dans ses idées. La première pensée qui lui traversa l'esprit fut qu'elle avait affaire à un fou, et qu'elle était presque aussi folle que lui de se préoccuper de ses paroles, et elle se promit bien d'aller tout raconter à Geneviève.

Mais en pesant toutes les paroles du berger, elle crut y voir un sens caché, une sorte d'avertissement, et vaincue par la curiosité, elle résolut d'attendre au lendemain matin, et de faire le soir même, s'il était possible, l'expérience du coffret.

La journée s'écoula trop lentement au gré de la pauvre Juliette, qui vingt fois fut sur le point de tout dire à Geneviève, et cependant aussitôt qu'elle était prête à ouvrir la bouche, elle se sentait arrêtée par la pensée que le lendemain il serait toujours assez tôt.

La préoccupation de Juliette n'échappa pas à la tendresse de Geneviève ; mais l'excellente enfant crut y voir la suite de la petite scène du matin, dont elle-même n'était pas encore parfaitement remise.

On se couche de bonne heure en province, surtout quand la journée a été laborieuse et qu'il faut recommencer le lendemain. Aussi, avant neuf heures du soir, tout le monde était-il endormi à la ferme, Jeanne dans sa chambre au premier, où se trouvait abrité près du sien le lit de Geneviève, et Juliette dans la chambre attenante à cette première, où elle couchait chaque fois qu'elle venait à la ferme ; c'était la plus jolie et la mieux ornée de la maison.

Juliette ne dormit pas. La fièvre brûlait son sang ; elle regardait de loin cette fatale armoire qui recélait son secret, puis elle essayait de se calmer en souriant de la crédulité qui lui faisait attacher une importance aux prophéties d'un idiot.

Mais l'instant d'après, et comme malgré elle, ses yeux se fixaient de nouveau sur le point désigné.

Enfin, n'y pouvant plus tenir, elle se leva doucement, et après s'être assuré que Jeanne et Geneviève dormaient profondément, marchant sur la pointe des pieds, le cou tendu, la respiration haletante, elle plaça devant l'armoire une de ces chaises qui servent dans les campagnes à exhausser les enfants, et grimpant doucement, et sans faire le moindre bruit, chercha en tâtonnant. Elle étouffa un cri ; le coffret était dans sa main.

Juliette était si émue qu'elle faillit tomber à la renverse, car en ce moment elle comprit qu'une curiosité coupable l'avait conduite à faire une mauvaise action.

Elle parvint pourtant à regagner son lit, où elle se remit bientôt de son émotion et cacha sous ses couvertures le précieux coffret. Il n'y avait aucune fermeture ; d'une main tremblante elle ouvrit, une lettre frappa aussitôt ses regards ; elle reconnut l'écriture de son père, le comte de Bessac. La lettre était décachetée et portait sur la suscription :

« *A Jean Farou, fermier de Bessac, à Charolles.* »

Juliette posa la lampe sur la table placée près d'elle, et malgré la faible lueur qu'elle projetait, elle lut :

« Je vous dois des remercîments, mes bons amis, pour la scrupuleuse discrétion avec laquelle vous avez gardé mon secret. Ces choses-là ne se payent pas avec de l'argent, je me crois donc toujours votre obligé.

« Quand je vous confiai ma pauvre petite Juliette, sa mère, ma bien-aimée femme, était dans l'état de santé le plus alarmant ; mais jugez de ma douleur et de mon désespoir, quand les docteurs assemblés déclarèrent que notre enfant n'avait pas trois mois à vivre, et que la nouvelle de sa perte entraînerait à coup sûr celle de sa mère.

« Vous savez comment dans cette perplexité extrême, lorsque ma femme voulut absolument faire le voyage pour embrasser sa fille, ce fut votre Geneviève que je lui présentai, je trompai ainsi son amour maternel, mais le bonheur prolongea sa vie au moins pendant quelques années.

« Cependant contre toute prévision, sous l'influence de vos bons soins tout maternels, notre enfant vécut, délicate, infirme il est vrai, mais bientôt hors de tout danger !

« Ma femme voulut avoir près d'elle celle qu'elle croyait sa fille. Vous avez consenti, mes bons amis, à vous en séparer. Vous avez abdiqué pendant plusieurs années vos droits si sacrés... Tout n'a pas été perdu pour elle, elle devait y gagner une éducation qu'elle n'aurait pu trouver dans vos propres ressources, tandis que celle qui passait pour votre fille se fortifiait, et trouvait dans sa modeste condition le courage des habitudes des champs, auxquels elle doit aujourd'hui la force et la santé.

« Tant que ma chère femme a vécu, j'ai cru devoir, par respect pour sa malheureuse santé, par amour pour elle-même, lui laisser une erreur qui l'a soutenue et fait vivre... Je n'ai pas trouvé le courage et la force nécessaires pour lui dire : — Cette pauvre enfant infirme, dont l'existence est un problème, dont la vie ne tient qu'à un fil... c'est notre sang ! c'est notre enfant !...

« Mais aujourd'hui je croirais faire tort à ces deux enfants en leur laissant une erreur qui ne serait pas sans danger, non pour ma Juliette qui, élevée dans la simplicité, ne peut que gagner en vertus domestiques, mais pour la véritable Geneviève, qu'un malheureux penchant à l'orgueil entraîne, défaut qui pourrait devenir un vice dans la condition où le Ciel l'a placée !

« Je vous réitère aujourd'hui, mes bons amis, comme je vous l'ai fait il y a dix ans, la promesse de ne faire entre Juliette et Geneviève aucune différence, et de les regarder toutes deux comme mes enfants ; dans quelques jours je serai à la ferme et les ramènerai à Paris, où leur éducation commune sera terminée... Plus tard je doterai votre fille, et je me charge de lui trouver un époux honorable.

« Préparez les enfants, ma chère Jeanne, les femmes ont au cœur un tact plus délicat que nous, et vos sentiments maternels vous inspireront en cette circonstance !

« Une fois les travaux de la ferme de Bessac terminés, vous quitterez Charolles pour reprendre la belle ferme de Contat, que je viens d'acheter pour vous aux environs de Paris.

« Outre les avantages pécuniaires qu'elle devra vous procurer, vous me saurez gré, je pense, de vous rapprocher de celles que vous avez le droit de regarder toutes deux comme vos enfants.

« C. comte DE BESSAC. »

Ce fut à peine si Juliette put achever, les larmes obscurcissaient sa vue. — Geneviève Farou ! s'écriait-elle, je suis Geneviève Farou !

Et la pauvre petite orgueilleuse étouffait ses sanglots.

—Oh ! comme Dieu me punit ! dit-elle enfin lorsque son premier moment de désespoir fut calmé. J'ai été insolente et fière envers tous ces braves gens !... J'ai méconnu la tendresse de Juliette !... Juliette de Bessac ! Oh ! quelle leçon ! Et ma mère ! ma bonne Jeanne ! combien de fois j'ai dû briser son cœur avec ma sotte fierté !

Quand Juliette eut bien réfléchi, bien pleuré, elle finit par se calmer ; elle remercia Dieu de lui avoir donné un protecteur comme M. de Bessac, une sœur comme Geneviève, une mère comme Jeanne. Et le jour était à peine venu, qu'elle courait, pâle et fatiguée de la triste nuit qu'elle avait passée, trouver Jeanne dans son lit.

Jeanne fut tout effrayée en la voyant entrer.

—Es-tu malade, mon Dieu ! ma Juliette ? lui dit-elle. Comme te voilà pâle !...

—C'est toi, chère sœur ! dit Geneviève en s'éveillant et lui tendant les bras.

—Oh ! c'est à genoux, dit l'enfant, c'est à genoux que je devrais recevoir vos caresses ! Mon orgueil m'a rendue indigne de vous... Pardon, ma mère ! Pardonne-

moi, Geneviève !... Les sanglots lui coupèrent la voix.—Le Ciel m'a bien punie...
Et elle montrait la lettre qu'elle avait froissée sous ses doigts.

—Enfant ! reprit Jeanne en l'embrassant et la regardant avec tendresse, enfant !
pourquoi te désoler ainsi ! tu perds un titre, il est vrai, mais tu retrouves une
mère, et le cœur de celui que tu as longtemps regardé comme ton père n'a pas
changé pour toi... Au lieu d'une fille il en a deux... voilà tout... Embrasse
Geneviève qui, elle aussi, veut toujours être ta sœur !

—Quoi ! tu savais !... dit Juliette toute confuse.

—Oui ! depuis deux jours seulement, ma bonne nourrice m'a tout dit... et j'ai
été bien heureuse d'apprendre que nous ne devions plus nous quitter !...

Juliette raconta comment le berger avait amené cette découverte.

—Le méchant fou ! dit Jeanne, il a trouvé la lettre que j'avais déposée étour-
diment dans un tiroir non fermé... Il l'a lue !... Après tout, le mal n'est pas
grand !

Ce fut un grand bonheur pour M. de Bessac de voir l'union qui régnait entre
les deux jeunes filles.—Oh ! j'avais bien jugé mon enfant, disait-il en la regardant
avec orgueil. Je puis donc l'embrasser !... Elle peut donc me nommer son père !...

Quand les travaux des champs furent entièrement terminés, les habitants de
la ferme revinrent tous à la ville.

Jean Farou et sa femme prirent possession de leur nouvelle demeure, attenante
à une fort belle maison de campagne, dont M. de Bessac avait fait tout récemment l'acquisition.

La famille de Bessac passe toute la belle saison à Contat, c'est là seulement
qu'ils se trouvent tous heureux.

Les deux sœurs de lait ont maintenant quinze ans, et la taille de Mlle de
Bessac s'est complétement remise. Avec toute la simplicité et la modestie de son
père, elle a su concilier l'élégance et les manières du monde pour lequel elle
était née.

La tendresse réciproque de ces deux charmantes filles, leur union, fait le
bonheur de M. de Bessac. Corrigée de son orgueil par une dure leçon, Juliette,
à laquelle on a toujours conservé son petit nom d'enfance, est devenue charmante.

Dans leurs doux rêves, elles se promettent de ne pas se marier, afin de rester
toujours ensemble ! Elles sont si heureuses auprès de ce bon père !

En les voyant passer toutes deux belles, toutes deux du même âge, mises
entièrement de la même façon, chacun les regarde avec intérêt.—Voilà, se dit-on
l'un à l'autre, les filles de M. de Bessac... les deux belles jumelles qui s'aiment
tant !...

La belle dame posa alors au front de Marguerite la couronne
de rose blanche .

MARGUERITE

OU

LA SAINTE-CATHERINE

UEL bonheur! disaient, en battant des mains, une douzaine de jeunes pensionnaires de Mme Salmont, réunies en groupe dans la grande cour du pensionnat, quel bonheur! c'est aujourd'hui la Sainte-Catherine!

—Je viens de voir passer tout à l'heure, dit l'une d'elles à la mine éveillée et en se penchant avec mystère à l'oreille de sa compagne, je viens de voir passer le pâtissier avec d'énormes gâteaux... des galettes... des brioches... des meringues!... Dieu! que tout cela semble bon à la pension!...

—Et moi, interrompit une seconde, devine ce que j'ai vu?... J'ai vu la cuisinière battre des œufs en neige, et mettre une grosse dinde à la broche!... Qu'en dis-tu? continua l'espiègle d'un air qui voulait dire: Cela n'arrive pas tous les jours.

Ce fut un éclat de rire général.

—Vous êtes toutes des moqueuses et des gourmandes! vint ajouter une troisième; ce qui est bien plus beau que tout cela, nous danserons! On a apporté ce matin des caisses garnies de belles fleurs, et l'on est en train de décorer le salon!... Mlle Salmont et sa grande cousine tiendront le piano, il y aura un lustre... et des bougies de toutes les couleurs!... Aussitôt après le dîner, on fera notre toilette... et en avant les polkas! les mazurkas! les redowas! En attendant, nous avons récréation pleine et entière ! et nous pouvons jouer à tous les jeux sans craindre d'être interrompues par cet effrayant cauchemar que l'on appelle la cloche, et qui ne respecte rien !... qui ne connaît rien !... que le devoir !... Nous jouerons à la corde, au cerceau, à cache-cache... au loup !... Tiens ! Isabelle... tu l'es ! fit la folle enfant, en tapant sur l'épaule de sa voisine, et s'écartant aussitôt, en bondissant dans la cour avec les allures d'une jeune chèvre.

Toute la bande joyeuse se dispersa, chaque enfant courant au but et faisant retentir l'air de ses cris joyeux et perçants.

De toutes ces espiègles jeunes filles, la plus vive, la plus turbulente était sans contredit Marguerite Domont, blanche comme la jolie fleur dont elle portait le nom ; c'était une ravissante enfant, aux cheveux blonds et doux comme la soie, aux yeux couleur du ciel.

Quoique un peu mutine, un peu volontaire, elle était l'enfant gâté de tous ceux qui la connaissaient, car elle rachetait ses légers défauts par un excellent cœur et une extrême sensibilité. Ses compagnes surtout l'adoraient ; jamais elle n'eût voulu accuser l'une d'entre elles, et elle avait plus d'une fois encouru une punition qu'elle n'avait pas méritée, plutôt que de dénoncer la véritable coupable. Marguerite appartenait à une famille aisée de province, et la direction entière de cette enfant chérie était entièrement confiée aux soins de Mme Salmont, une parente de sa mère.

Depuis la fondation, déjà fort ancienne, de cet établissement, avantageusement connu pour les bons principes que l'on savait faire germer dans le cœur des enfants, et pour l'instruction graduée et intelligente qu'ils y recevaient, la maison Salmont n'avait jamais manqué de célébrer chaque année la Sainte-Catherine.

Chaque élève, suivant un vieil usage, apportait ce jour-là son petit tribut d'argent, afin de contribuer suivant son pouvoir aux plaisirs de la fête qui, chaque année, prenait plus d'extension, et s'embellissait de toutes les innovations du siècle.

Depuis huit jours déjà les préparatifs avaient lieu. Pour la première fois il y avait bal ! Bal costumé ou non ! Bal de jour s'entend, car Mme Salmont, dans sa prudence, jugeant que les veillées sont nuisibles à l'enfance et ne voulant pas que le sommeil de ses élèves fût un instant dérangé, avait fixé l'heure de la danse à trois heures, c'est-à-dire aussitôt après le dîner.

La maman de Marguerite, voulant récompenser sa fille chérie d'une conduite qui depuis quelque temps déjà n'avait encouru aucun reproche, lui avait envoyé le matin même une charmante robe de popeline rose qui devait figurer au bal ! Une légère couche de poudre dans les cheveux allait donner à sa figure une expression nouvelle et plus charmante encore.

Dire la grâce, la gentillesse de la naïve enfant avec cette fraîche toilette, nous serait impossible ; ce que nous pouvons assurer, c'est qu'en entendant l'éloge que toutes ses compagnes lui en firent, elle éprouvait une sorte de confusion modeste qui reflétait sur ses jolies joues les nuances si douces de sa robe.

L'heure du dîner arriva enfin ; il précédait le bal, aussi était-il attendu avec la plus grande impatience. Il fut des plus gais, quoique l'idée si prochaine de la danse eût diminué sensiblement l'appétit ordinaire des jeunes convives.

Déjà le piano résonne sous les doigts d'une maîtresse habile, elle prélude... elle cherche les morceaux convenables à la circonstance... Marguerite venait de s'approcher d'une des fenêtres de la salle à manger, lorsqu'un cri plaintif, un cri d'enfant vient frapper son oreille... Ce cri part du voisinage... D'abord Marguerite croit se tromper... mais un second cri lui fait jeter les yeux sur une pièce au rez-de-chaussée et qui fait face à la croisée... Dieu !

Son cœur se serre... Là, dans cette pièce, dénudée, sans meubles, sans papier, loge une pauvre famille ; une femme jeune encore, mais pâle et flétrie par la souffrance, tient entre ses mains un ouvrage de couture.

—J'ai faim ! crient trois petits enfants à la pauvre mère, dont l'aiguille va plus vite encore. J'ai faim !..

L'aînée des petites filles est assise à ses côtés, préparant les aiguilles pour gagner du temps tout en berçant de son genou le lit du plus jeune de ses frères, car pour avoir ce pain que demandent ces pauvres petits, il faut avoir fini le travail...

La jeune femme est veuve, on en peut juger par les tristes vêtements qu'elle porte, et malgré la misère qui l'entoure, elle garde un air de dignité qui prouve qu'elle n'est pas née dans la classe indigente où le malheur l'a placée.

De temps en temps elle essuie une larme qui tombe de ses yeux rougis par le travail et le chagrin, et console un des petits enfants en baisant ses blonds cheveux.

—Patience ! cher mignon, lui dit-elle, patience ! quelques heures encore, et vous aurez du pain !

Mais les petits sont sourds et crient plus fort que jamais ! Marguerite a tout vu, tout entendu ! Émue, tremblante, elle reste immobile à cette fenêtre qui lui a découvert tant de malheur. Deux grosses larmes glissent lentement sur ses joues.

—Et moi je vais m'amuser ! être gaie et joyeuse ! Et moi je pourrais danser pendant que toute cette pauvre famille est si triste... Oh ! ma belle robe me rend toute confuse ! et je suis honteuse de mon bonheur !...

—Marguerite ! Marguerite ! crièrent ensemble Isabelle et Emma, ses deux compagnes inséparables, viens donc ! viens donc ! Que fais-tu là ? depuis un quart d'heure nous te cherchons partout !

Pour toute réponse, l'enfant se retourne, laissant voir un visage pâli et mouillé de larmes ; du doigt elle montre la croisée funèbre, et se met à l'écart afin d'indiquer à ses amies le sujet qui les a fait couler.

Les deux jeunes filles ont enfin compris, et leur cœur jeune et bon bat de pitié et de compassion.—Si heureuses ! s'écrient-elles à leur tour, et là tant de malheur !...

Les élèves suspendent leurs jeux... elles causent entre elles... chaque pensionnaire en interroge une autre... et bientôt en voyant l'air attristé remplacer subitement l'expression joyeuse qui régnait il n'y a qu'un instant sur tous ces jolis visages, Mme Salmont s'étonne, s'inquiète, et ne tarde pas à en connaître la cause.

—Bien ! mes enfants, bien ! leur dit-elle, cette tristesse vous honore à mes yeux ! J'aime à voir cet élan de vos jeunes cœurs !...

—Oh ! nous ne danserons pas ! chère maman Salmont... Nous ne voulons plus danser ! disaient-elles toutes ensemble et avec des larmes dans la voix.

—Vous danserez ! chères enfants ! Je ne veux pas vous voir privées d'un plaisir attendu depuis si longtemps et que vous avez si bien mérité... Mais ce sera après avoir soulagé à l'instant même une infortune si pressante... Demain nous nous occuperons de l'avenir de cette malheureuse famille.

D'un élan spontané, toutes les jeunes filles tirèrent aussitôt de leur poche une petite bourse garnie par la prévoyance d'une mère, et chacune d'elles déposa son offrande plus ou moins élevée, mais toujours méritante, entre les mains de la bonne institutrice.

Les quatre-vingts pensionnaires complétèrent une somme de cent francs ! depuis la modeste somme de cinquante centimes jusqu'à deux francs, taux que la scrupuleuse maîtresse avait dû imposer pour tempérer l'élan de générosité de jeunes enfants qui ne pouvaient en cet instant consulter leur mère, qu'elle représentait avec tant de sagesse, d'esprit et de cœur.

Les bonnes actions embellissent, et la physionomie radieuse de chacune de ces jeunes enfants ajoutait à leur grâce naturelle. Leurs yeux brillaient du doux éclat de la bienfaisance, et leurs mouvements étaient empreints d'un véritable bonheur.

On avait gardé pour le souper une portion du dîner. Marguerite, rayonnante et avec la permission de Mme Salmont, prend une grande corbeille que l'on charge de pâté, d'excellents saucissons, de pain, de gâteaux et de fruits... On cache l'argent au fond de la corbeille dans une petite bourse, et escortée de la plus grande des pensionnaires, elle arrive au rez-de-chaussée...

Dieu! quelle affreuse détresse ! Pas un meuble... pas une chaise ! Les enfants sont assis sur un peu de paille !

Marguerite est entrée... le cœur lui bat, elle ne sait comment s'y prendre pour faire agréer son offrande, car elle a lu dans les yeux de l'inconnue une dignité, une fierté même qui impose.

Mais les petits enfants viennent d'apercevoir la corbeille, et, moins scrupuleux que leur mère, son contenu amène la joie sur leur gentil visage...

Marguerite fait une distribution... Elle donne... elle donne ! Le plus hardi reçoit le premier... les plus timides s'enhardissent et leur bonheur arrête sur les lèvres de la pauvre mère le refus que peut-être elle allait prononcer... La parole expire sur sa bouche, elle ne trouve plus que des larmes de joie et d'émotion...

—Mademoiselle, dit-elle à Marguerite, oh ! vous êtes aussi bonne que jolie, et Dieu vous bénira !... Votre mère est bien heureuse !!... J'accepte votre secours, qui sauve peut-être la vie à mes enfants!... Vous êtes aujourd'hui leur ange gardien!... Ah! soyez toujours ainsi, humaine et charitable!! La joie d'une mère, ajouta-t-elle en essuyant des larmes qui venaient de mouiller ses yeux, a toujours porté bonheur à celui qui la cause!... Mais qui donc a pu vous instruire de notre situation?

Alors la grande pensionnaire expliqua comment, prêtes à célébrer par un bal d'enfants la grande fête de Sainte-Catherine, Marguerite avait tout à coup entendu pleurer un des jeunes enfants, et comment ce cri déchirant était venu suspendre sa gaieté et lui apporter comme un remords de se voir si heureuse à côté d'êtres souffrants.

Marguerite avait déposé la corbeille, encore bien garnie, sur la table à ouvrage de la jeune mère... Louise, la plus grande de cette pauvre famille, en voulant satisfaire la gourmandise du plus jeune de ses frères, aperçut la bourse qui se trouvait au fond; elle poussa un cri, rougit et la montra du doigt à sa mère.

—Oh! pour cela, jamais! s'écria la jeune veuve. Devant la souffrance de mes pauvres enfants, j'ai pu oublier un instant et accepter de votre cœur généreux un secours immédiat, mais grâce au Ciel, j'ai du travail... et un retard de payement a seul pu faire pénétrer le secret de notre misère... Merci!... merci mille fois! chères demoiselles, pour vos bonnes intentions... mais...

La parole s'arrêta sur ses lèvres, car elle lut sur le visage de Marguerite la crainte de l'avoir offensée; la jeune fille n'insista pas, elle reprit la bourse.

Un quart d'heure après, Mme Salmont descendait près de la pauvre veuve, et avec cette éloquence entraînante qui vient du cœur, elle la déterminait à reprendre l'argent en qualité de prêt, et pour l'aider seulement dans les cas de retard de payement.

Cette fois, rien ne trouble plus la fête. Nos jeunes filles ont repris toute leur gaieté. Le bal va commencer!...

En entrant dans le grand salon, un cri universel d'admiration s'élève de toutes parts. Pour rendre l'illusion du bal plus complète, les volets extérieurs en ont été soigneusement fermés, et le jour remplacé par un magnifique lustre et des profusions de bougies, dont la lueur douce vient se jouer à travers le feuillage vert et luisant de beaux camellias en fleur, et de mille autres frais arbustes.

Quelques parents des élèves ont déjà pris place au fond, et, ne dédaignant pas cette naïve fête de l'enfance, se promettent de jouir du succès et du bonheur de leurs enfants.

Pour toutes celles qui se voyaient ainsi sous les yeux si tendres de leur famille, le plaisir était doublé; celles dont les parents étaient éloignés poussèrent un soupir, non d'envie, mais de regret sur leurs heureuses compagnes.

Marguerite était de ce nombre; elle eût bien voulu faire hommage à sa mère de ce joli talent, auquel on initie de nos jours l'enfance dans sa première période. Marguerite, pour son âge, dansait à ravir. Chez elle, aucune prétention. Ses mouvements n'avaient rien d'étudié, c'était l'enfant avec sa naïveté touchante, sa grâce, son abandon !

A chaque danse elle était applaudie, embrassée, caressée.

—Si ma mère était là ! disait-elle dans sa joie. Comme je vais lui écrire !

Car non-seulement Marguerite dansait mais elle écrivait déjà fort bien, ce qui vaut mieux encore.

Elle dansa longtemps, le plaisir l'empêchait de sentir la fatigue ! Mais bientôt Mme Salmont la voyant pâlir :

—Assez ! ma chère Marguerite, assez ! lui dit-elle, et l'entraînant au bout du salon, près des personnes invitées, elle la coucha soigneusement, et comme l'eût fait une mère, sur un divan large et moelleux. Repose-toi, chère petite, repose-toi une heure, tu reviendras ensuite au milieu des plus grandes.

Et baisant ses beaux cheveux de soie, elle retourna poursuivre sa tâche maternelle auprès des danseuses.

Marguerite ne tarda pas à sentir un calme bienfaisant s'emparer de tout son être. Ses yeux, à demi fermés, entrevoyaient à peine et d'une manière confuse le tournoiement des Alsaciennes, des laitières, des marquises à talons rouges, etc., et la musique n'arrivait plus à elle que d'une façon vague et interrompue.

Puis elle crut entendre des chants, un concert comme en doivent faire les anges ! Le ciel s'ouvrit, et elle vit descendre une grande et belle dame qui vint se placer près d'elle.

Un long voile l'enveloppait, mais telle était la perfection de sa taille qu'on pouvait juger à travers ce voile qu'elle était d'une beauté parfaite.

Elle tenait à la main une couronne de roses blanches.

—Marguerite ! lui dit-elle, et comme elle vit que l'enfant allait pousser un cri, elle lui fit signe de se taire en mettant discrètement un doigt sur sa bouche...

—Je suis la Charité ! continua-t-elle tout bas... J'aime le mystère... Tu as aujourd'hui fait une bonne et sainte action ! Sois toujours ainsi, humaine et charitable, chacun de ces actes te sera compté, et l'on chantera au ciel des hymnes en ton honneur !...

La belle dame posa alors sur le front de Marguerite la couronne de roses blanches, et l'embrassant au front :

—Chaque fois que tu trouveras moyen d'adoucir l'infortune d'un de tes semblables, chaque fois qu'un acte d'humanité fera honneur à ton cœur... j'ajouterai une rose à la couronne !

Il y avait dans la voix vibrante de la belle dame une sorte de musique pénétrante, quelque chose de sonore et de doux... Marguerite s'éveilla en tendant les bras... Elle ne vit plus rien ! rien que le bal qui finissait...

Car nos petites danseuses commençaient à tomber de sommeil et à se frotter les yeux.

Le lendemain, il ne resta de la fête de Sainte-Catherine qu'un peu de fatigue, mais le souvenir de la pauvre famille vint apporter à chaque enfant la joie, le contentement de soi-même.

On ne s'en tint pas à cette première œuvre ; par les soins de Mme Salmont, une machine à coudre, mécanique moderne, qui fait à elle seule la besogne de vingt ouvrières, fut achetée avec les épargnes de nos jeunes enfants, et Mme Verrier, la pauvre veuve, put entreprendre désormais un travail plus lucratif; les deux aînées des petites filles vinrent bientôt partager gratuitement les leçons des élèves de Mme Salmont. Depuis ce temps l'honnête famille ne connaît plus la détresse, et chaque jour elle attire par ses vœux les bénédictions du Ciel sur la tête de ses chères petites bienfaitrices.

On lui fait une litière de branches et de feuillage et l'enfant est portée en triomphe par ses fidèles serviteurs.......

LE
BOUQUET D'ANNIVERSAIRE

OU LE

BOUQUET DE LA GRAND'MÈRE

A cloche du chemin de fer venait de sonner. Edmée de Castellane, jolie enfant de dix ans, trépignait dans le salon d'attente, de joie et d'impatience, tout en faisant à sa mère une foule de questions de circonstances, auxquelles la jeune dame, femme instruite et spirituelle, s'empressait de répondre ; car l'enfant, habituée à ces conversations charmantes, où l'on apprend toujours quelque chose, ne s'attachait jamais à des futilités sans valeur.

Chacun prit place dans les wagons. La vapeur siffla, gronda, et sa fumée décrivit dans les airs les nuages les plus fantastiques... l'on était en route.

Mme de Castellane se rendait à La Ferté-sous-Jouarre, auprès de sa digne belle-mère, la vieille marquise de Castellane, femme d'un grand mérite, et encore recherchée pour l'agrément de sa société et les grâces de son esprit resté jeune en dépit de ses quatre-vingts ans qui allaient sonner dans quelques jours.

La douairière habitait à La Ferté un antique manoir, qui avait toujours été habité par ses ancêtres, bien qu'il se fût trouvé parfois négligé pendant de longs intervalles.

C'était un lieu délicieux que ce grand parc ombragé d'arbres séculaires, où chaque branche avait son nid... où des milliers de fauvettes et de petits oiseaux chantaient joyeusement du matin au soir !

Ces gazons fleuris où se poursuivaient coquettement de jolis papillons aux couleurs éclatantes !... ces pièces d'eau où se baignaient les saules pleureurs, et dans lesquelles les nénufars venaient mirer leurs corolles jaunes ou blanches !

Un nombreux personnel de domestiques habitait seul avec la marquise; mais les parents de cette noble et antique famille venaient souvent, et chacun à son tour, passer quelque temps auprès de celle qu'ils aimaient tous et chérissaient comme une tendre mère !

La belle-fille de la marquise profitait en ce moment d'une absence de son mari pour venir, avec la gentille Edmée, jouir de la société de sa belle-mère, et des avantages d'une magnifique campagne, que la beauté de la saison rendait plus agréable encore.

C'était aussi une surprise que l'on ménageait à la bonne aïeule, car on allait célébrer, dans quelques jours, sa fête et son anniversaire : le jour de la Saint-Jean verrait poindre ses quatre-vingts ans !...

Jusque-là, la bonne dame avait fait de temps à autre un voyage chez ses enfants, mais le temps, qui avait si bien respecté sa mémoire, avait affaibli ses jambes, et elle avait déclaré à tous, avec cette gaieté qui ne l'avait pas abandonnée, que c'était à eux à venir désormais, attendu qu'elle voulait ménager ses jambes pour le grand voyage !

Lorsque la jeune dame de Castellane fit entendre la cloche du château, il était neuf heures du soir, heure à laquelle il se présentait fort rarement quelque visite au castel.

Les aboiements de Barbot, un magnifique chien de Terre-Neuve, amenèrent bientôt sur le perron la gouvernante de la marquise, à peu près de l'âge de sa maîtresse, mais non moins bonne, non moins avenante...

En reconnaissant Edmée, la vieille femme fit une exclamation de joie ; car Mme de Castellane n'avait pas prévenu de son arrivée.

On savait que la marquise, qui pensait avec tant de lucidité aux époques de fête de ses amis, oubliait ordinairement la sienne, et personne ne se fût avisé de la lui rappeler, afin de la laisser jouir de la surprise !

Mlle Gertrude, c'est ainsi que se nommait celle que la marquise appelait son intendante, s'empressa d'enlever les paquets dont la voiture était surchargée, tout en appelant à son aide les domestiques.

—Oh ! que madame va donc être heureuse de vous voir ! chère belle demoiselle, dit-elle en embrassant la petite Edmée ! Oh ! quelle joie pour le château !

Et la bonne femme s'agitait vivement, s'empressant d'apaiser Barbot qui, dans l'élan de sa tendresse, eût certainement jeté par terre la délicate jeune femme et sa mignonne enfant.

—A bas ! à bas ! Barbot ! Maudit chien ! finiras-tu ?

Enfin, Barbot comprit le premier sans doute qu'il devait annoncer à la marquise une arrivée qui devait la rendre bien heureuse ! car il disparut... et bientôt la bonne dame parut sur le perron, conduite par le terre-neuve qui, la queue redressée, l'œil joyeux, les oreilles relevées, tenait délicatement entre ses dents la jupe de sa maîtresse, l'attirant près des voyageurs, et qui ne lâcha prise que lorsqu'elle se trouva serrée dans les bras de sa belle-fille et d'Edmée !

Alors, et comme si sa tâche eût été remplie, le bon chien se contenta de suivre en silence à côté de l'enfant, dont il léchait doucement la main chaque fois qu'elle la passait sur son beau poil, luisant comme de la soie et noir comme de l'ébène !

Ce ne fut pas l'affaire d'un jour que de visiter dans tous ses détails un parc de 140 arpents environ ! jardin anglais, parc, potager, bois consacrés à la chasse, et qui n'était jamais exploré que par les visiteurs. Aussi le gibier y foisonnait-il en paix, excepté quelques jours par an, époque qui devait certainement être mise par la gent paisible de ces heureux lapins et lièvres, au nombre des grandes époques des révolutions du globe.

C'était la première fois qu'Edmée faisait le voyage de La Ferté-sous-Jouarre, aussi eut-elle un véritable bonheur à parcourir ces lieux si pittoresques et si beaux. Bientôt elle put se promener seule dans ce délicieux paradis terrestre, accompagnée du fidèle Barbot, qui ne la quittait jamais dans ses fréquentes promenades.

—Enfin ! dit un matin Mᵐᵉ de Castellane à son enfant chérie, c'est demain la Saint-Jean, l'anniversaire de la naissance de notre chère marquise ! Il faut te mettre en quête de fleurs et de composer un bouquet...

—Oh ! oui, mère ! tu peux être certaine que les plus belles ne m'échapperont pas ! J'ai déjà remarqué des roses d'une beauté...

—Ce n'est pas ainsi que je l'entends ! Je te l'ai dit quelquefois, mon Edmée, les fleurs ont un langage, et ta spirituelle grand'mère te saura gré de les avoir fait parler !

—Oh ! mère ! exclama en rougissant l'enfant, mais je ne connais pas assez leurs emblèmes pour composer un bouquet allégorique...

—Eh bien, sois tranquille, je t'aiderai ! mais à la condition que je te mettrai à l'épreuve avant peu, et que si, de même qu'aujourd'hui, tu ne peux me satisfaire...

—Mère ! mère ! dit la câline enfant en passant un bras autour du cou de sa maman, et de l'autre main lui fermant la bouche... Ne dis plus rien !... je t'en prie ! je me souviendrai...

—Tu as dans ton pupitre un petit livre très-amusant et très-instructif, qui porte pour titre *les Fleurs parlantes;* il fait l'histoire de chaque fleur, raconte leurs mœurs, leur pays, leur emblème ! les fait agir suivant leur nature !... Étudie-le un peu aujourd'hui, et tu me comprendras mieux demain.

Le jour de la Saint-Jean, le soleil se leva radieux. Aussitôt qu'il parut, Edmée descendit au jardin, car elle voulait la première entrer chez sa bonne grand'mère.

Le parterre était riche. Cette époque est généralement connue pour fournir aux amateurs des jardins plus de variétés que toute autre de l'année... C'est la moisson des lis et des roses, des azalées, des géraniums, du chèvrefeuille, des véroniques, etc.

Aussi, lorsque la jolie Edmée, une corbeille à la main, armée d'un sécateur à l'usage de ses petits doigts délicats, fut en présence de toutes ces merveilles de la nature, elle hésita un instant, ne sachant plus laquelle choisir...

—Allons ! se dit-elle au bout de quelques minutes, commençons par la rose...

Mais ici l'enfant fut saisie d'un nouvel embarras... Plus de cent variétés se présentèrent !

—Oh ! cela m'effraye !... Voyons les étiquettes ! La Belle-Eugénie !... la Noisette... la Napoléon... la Triomphe !... la Géant des batailles !... Ah ! mon Dieu ! dit en riant Edmée, quelle ardeur belliqueuse s'est donc emparée de ces douces fleurs !... Pourtant le petit livre que voici dans la pochette de mon tablier, dit que la rose est l'emblème de la beauté et de la vertu ! et ne parle nullement de sa valeur guerrière !... N'importe ! choisissons la Cent-Feuilles... Quoique plus ancienne, c'est encore une des plus belles...

Et la belle rose Cent-Feuilles, avec ses riches boutons, tomba au fond de la corbeille.

Comme Edmée allait examiner encore de plus près la belle branche qu'elle venait de cueillir, elle poussa un léger cri, moitié de frayeur, moitié d'admiration !... Elle venait d'apercevoir, au milieu de la corolle, la belle cétoine des roses !...

—Oh ! le joli hanneton vert ! Comme il est brillant... comme il est doré !...

—Ce n'est pas un hanneton, dit en souriant sa mère, qui venait de s'approcher doucement, mais un insecte du même genre, qui ne vit que sur les fleurs, et qui semble placé sur la rose comme pour faire valoir la richesse de ses couleurs !... Mais je vois que c'est par cette reine de la beauté que tu as commencé ta moisson. Très-bien ! ta grand'mère a été fort belle ! le bouquet ira à son adresse...

—Mère, dois-je mettre un lis ?... il signifie : majesté ! grandeur !

—Certainement, ma chère amie, il ne serait pas déplacé... Le lis a toujours été et sera toujours une des plus belles fleurs... Charlemagne le faisait cultiver, et sa noblesse est une des plus anciennes ! Mais son parfum est si pénétrant, qu'on l'admet rarement dans un bouquet... Choisissons cette simple branche de jasmin... le symbole de l'amabilité ! Ce bel arbuste, qui nous vient de l'Inde, se prête à tout, soit qu'on le taille en boule, soit que l'on en tapisse les terrasses, il obéit à la main qui le dirige... Il est l'emblème d'un doux caractère qui, mieux qu'un joli visage, plaît à tout le monde ! parce qu'il est à l'abri des outrages du temps. Dans le Malabar, on en parfume les appartements, c'est la fleur favorite, la fleur de prédilection ! Les jeunes Grecques en portent de jolies couronnes entrelacées dans leur belle chevelure... Cette fleur est aussi, par sa légèreté, extrêmement gracieuse. Son joli feuillage fait valoir tout ce qui l'entoure dans la composition d'un bouquet !... Passons à l'œillet !... il est indispensable pour une fête... cette fleur délicieuse que le grand Condé préférait à toutes les autres, et qu'il cultivait lui-même, pour charmer ses loisirs, dans son jardin de Chantilly...

Offrir un œillet est une preuve d'affection sincère pour la personne à laquelle il est présenté, mais le tenir renversé serait un outrage... Cela voudrait dire que cette affection est éteinte !...

L'œillet possède un parfum balsamique des plus agréables et qui, loin de nuire à la santé, est des plus fortifiants ; aussi cette gracieuse fleur plaît-elle généralement à tout le monde !...

—Maman ! maman ! voici l'oranger ! exclama Edmée. Quel beau feuillage !... Quel parfum !...

Et cette fois Edmée n'attendit pas la réponse de Mme de Castellane, une branche magnifique, couverte de boutons, et exhalant une délicieuse odeur, roulait au fond de la corbeille !...

—Très-bien ! ma chère amie ! J'aime ton empressement pour cette ravissante fleur !... On a fait de l'oranger l'emblème de la générosité, car ce bel arbre, qui nous est venu de l'Inde, est le seul qui présente à la fois des fleurs, des fruits verts et des fruits mûrs ! C'est un des arbres le plus recherchés dans nos jardins.

De ses fleurs, si blanches et si pures, on a fait aussi l'emblème de l'innocence, et la jeune mariée qui monte à l'autel, porte toujours la couronne de fleurs d'oranger sur sa tête...

Mais regarde, mon Edmée, cette vigoureuse touffe de giroflée ! comme ses pétales de velours sont richement panachés !... Comme le jaune et le brun s'y trouvent admirablement fondus !... Bonne et aimable fleur ! la plus vieille de toutes peut-être ! mais que son mérite et ses qualités feront toujours rechercher et paraître jeune aux yeux de tous ! En vain des fleurs plus nouvelles ont essayé de rivaliser avec elle : sa beauté modeste, son parfum, le peu de soins qu'elle exige, la feront souvent préférer. On la trouve partout, et partout elle semble être à sa place ! depuis le palais le plus somptueux, depuis le château des rois jusqu'à l'humble mansarde de l'honnête ouvrier ! Sa devise est une des plus touchantes du langage des fleurs : *Des yeux amis ne nous voient pas vieillir.*

—Mais voici l'*hortensia* ! Admirable fleur, mais froide et sans odeur, malgré la beauté de ses boules roses, leur grosseur prodigieuse empêche qu'on les admette dans un bouquet, où elles écraseraient impitoyablement toutes les filles légères des parterres...

L'*hortensia* a joui d'une grande vogue ! Son prix était très-élevé... puis la mode l'avait abandonnée... Ses faveurs sont si inconstantes !... On la revoit aujourd'hui avec plaisir !...

On a fait de cette fleur l'emblème de l'indifférence, parce que si sa beauté charme les yeux, son manque de parfum la fait aussitôt oublier...

—Tu le vois, ma chère Edmée, la beauté seule ne suffit pas pour être aimée et admirée... Par exemple, regarde cette plante qui porte de si jolis fruits noirs et

brillants, c'est la belladone ! Les baies rouges du daphné !... les racines blanches
de la ciguë ! tous ces fruits, n'ont de beau que l'apparence. Malheur à qui ne
s'en méfierait pas ! il payerait cher sa confiance... Une branche de cette belle
plante, la clématite blanche ! dont le parfum est délicieux, et dont les tiges grim-
pantes garnissent si bien nos berceaux, possède une vertu si malfaisante que,
posée dans la bouche, elle y produit presque instantanément une ulcération;
l'aristoloche est dans le même cas. Les azalées sont aussi fort suspectes... Regarde
le bon chien Barbot qui nous a suivies dans notre promenade et qui lève les yeux
sur moi comme pour écouter mon observation ? Le vois-tu repoussant du nez toutes
ces empoisonneuses !... C'est que la plupart des animaux ont un sens que nous
ne possédons pas, celui de reconnaître à l'odorat les plantes malfaisantes, tandis
qu'au contraire ils savent choisir celles qui peuvent calmer leurs souffrances...

On eût dit que Barbot avait entendu ! car il regardait de ses bons yeux bruns
et clairs Mme de Castellane, remuant sa longue queue frangée en panache comme
pour la remercier de s'occuper un peu de lui... S'arrêtant à chaque démonstration,
chassant parfois aux papillons ou aux insectes qui venaient le tourmenter, ou se
couchant nonchalamment aux pieds de ses nouvelles maîtresses, qu'il comprenait
fort bien être de la maison et qu'il ne voulait plus quitter !

—Mais n'allons pas oublier le camellia, ma chère Edmée !... C'est l'emblème de
la reconnaissance ! et n'en doit-on pas toujours à une bonne grand'mère pour tout
l'amour qu'elle porte à ses petits-enfants ! D'ailleurs cette fleur est d'une rare
beauté... Vois ce feuillage d'un vert brillant, ces larges corolles passant par toutes
les teintes du blanc pur au rouge foncé... Certainement cette belle plante devrait
l'emporter sur la rose si elle avait son parfum !... mais hélas! elle est sans odeur !...
Nous laisserons de côté la campanule... elle est le symbole de l'indiscrétion !
sans doute parce que ses fleurs blanches ou bleues ressemblent absolument à de
petites cloches !... Voici la corbeille-dorée !... Cette plante aime à croître dans les
rochers, dans les endroits escarpés... Quoiqu'elle se soit parfaitement popularisée
dans nos parterres... elle a conservé sa devise primitive... *C'est dans la retraite
que l'homme peut goûter le bonheur !* Elle doit entrer dans notre composition...
Je crois, ma chère enfant, ajouta Mme de Castellane, en jetant sur la corbeille déjà
très-garnie un regard satisfait, je crois que nous avons bientôt tout ce qu'il nous
faut... moins ce chèvrefeuille que j'aperçois et qui entourera notre bouquet !...
Cette délicieuse plante, flexible et grimpante, a, comme l'enfance et la jeunesse,
besoin d'un soutien... Aussi dans son joli langage des fleurs, dit-elle : *Je suis le
lien d'amitié ! Je m'attache pour toujours...*

Ce fut une grande joie pour Edmée, petite Parisienne, et qui en était à sa
première excursion hors les murs de Paris, lorsque sa corbeille placée près d'elle,
assise sur un frais gazon ombragé par des peupliers, elle tira une à une chacune
de ces fleurs si fraîches, en traduisant leur langue avec plus ou moins de bonheur...
quelquefois ayant recours au petit livre...

Pendant qu'elle se livrait à cette attrayante occupation, un domestique vint prier sa jeune mère de rentrer un instant au château pour un détail qu'elle était priée de donner.

Edmée s'apprêtait à la suivre.

—Reste, mon enfant! lui dit-elle, reste... je reviens à l'instant!... Je te laisse sous la sauvegarde de Barbot, ajouta-t-elle en riant.

Celui-ci dressa les oreilles, et se levant tout à coup, il appuya ses pattes tachetées de soie blanche sur les deux épaules de la jeune dame, et fit entendre une sorte de langage incomplet, mais qui bien évidemment avait pour but de la rassurer; car allant de l'une à l'autre et les caressant toutes deux chacune à leur tour, il finit par se coucher aux pieds de l'enfant, sans perdre des yeux sa maman qui s'éloignait.

Alors Edmée continua de former son bouquet qu'elle traduisit ainsi :

« Permettez à votre enfant de vous offrir cette rose, qui fut l'image de votre beauté, comme le doux jasmin qui l'accompagne est celle de votre aimable caractère; l'œillet vous assure de notre affection sincère.

« La branche d'oranger est le symbole de la générosité de votre cœur et de toutes les vertus que vous pratiquez si bien ! Aussi, semblable à l'adorable giroflée, aucuns des yeux qui vous entourent ne vous verront jamais vieillir !... Dans la douce retraite que vous avez choisie, la corbeille d'or nous assure que vous savez trouver le bonheur ! et l'amour de vos enfants vous tient lieu des plaisirs d'un monde qui vous recherche, mais que vous avez quitté. Puisse notre reconnaissance, qui vous est exprimée par un doux camellia, uni à la branche de chèvrefeuille que voici, vous assurer, chère et excellente mère, que nous sommes attachées à vous pour toujours, non-seulement par les liens du sang, mais encore par ceux de la plus respectueuse amitié !... »

—Eh bien !... j'en suis venue à bout !... et mon bouquet me semble passablement traduit ! dit Edmée tout haut, comme si quelqu'un pouvait l'entendre, et en secouant légèrement la tête d'un petit air mutin... Grand'mère sera contente !

Déjà le village commençait à se mettre en émoi pour la fête de la respectable châtelaine... Chacun en causait tout bas, car on n'a pas oublié son goût décidé pour les surprises !... Aussi les préparatifs se faisaient en secret ! des fusées pyramidales avaient été achetées... Des lanternes de couleur devaient être posées partout le lendemain... Gros-Jean, le fils du jardinier, offrait, au nom des jeunes gens de la ville, un melon cantalou, gros comme un potiron, tout garni de rubans et surmonté d'un bouquet de pieds-d'alouette de mille couleurs... La fermière rapportait, chaque année, dans un panier couvert, les plus beaux produits de la ferme en volailles et en œufs ! Tous ces modestes présents étaient toujours offerts et accueillis avec une simplicité digne des beaux temps de l'âge d'or.

Pendant que tout s'agitait au dehors pour cette fête du cœur, Edmée avait achevé le bouquet ; de même que l'artiste qui veut arriver à la perfection de son œuvre retouche sans cesse avec son pinceau et n'est jamais entièrement satisfait, de même notre coquette bouquetière ajoutait ici une feuille légère... là un bouton... en retranchait un autre !... pour le remettre encore...

Tout à coup l'enfant s'arrêta...

—Et le myosotis ! exclama-t-elle... le *pensez-à-moi* qui a été oublié !... et maman ! maman ! dont la mémoire n'a pas été plus heureuse !...

Alors Edmée se souvient qu'au bout du parc, dans un endroit isolé et couvert, les bords d'une pièce d'eau en sont garnis...

La jeune fille prend aussitôt la longue avenue qui conduit à ce délicieux endroit. Légère comme une gazelle, joyeuse comme une fauvette, elle court... elle court à perdre haleine !... Barbot, que sa petite maîtresse excite de la voix et du geste à la gaieté, s'enfonce dans le fourré du bois... aboie follement... décrit mille cercles joyeux, et fait voler autour de lui les débris de mousse et de fougère sur lesquelles il lustre en se roulant sa belle robe de soie noire et blanche !

Tous deux sont arrivés à la pièce d'eau... Les nénufars et le myosotis se baignent à la surface ; les arbres, riches de feuillage, forment une voûte de verdure inaccessible au soleil, et ne laissent pénétrer qu'un jour doux et pâle... Excepté le chant des fauvettes, aucun bruit extérieur ne peut arriver jusque-là...

La pièce d'eau est terminée par un ruisseau qui descend d'une roche que l'art ou la nature ont amené en cet endroit !...

Un pont rustique permet de traverser l'eau, et conduit à un petit pavillon vitré en verres de couleur, sur lequel se balancent et retombent les branches d'un beau saule pleureur... Ce lieu est plein d'une douce poésie... Edmée s'arrête charmée !...

Elle s'assied, ou, pour mieux dire, elle se laisse tomber sur l'herbe haute et fraîche !... Pour la première fois elle médite... elle pense à tout ce bonheur dont elle est entourée... A ce hasard qui l'a fait naître si heureuse, quand une foule de pauvres enfants ne connaissent aucune de ces jouissances, et ont à peine de quoi se substanter !... Edmée n'est pas ingrate... elle remercie le Ciel, et des larmes de reconnaissance coulent doucement de ses yeux. Elle pense à sa mère si bonne !... Il lui semble en cet instant qu'elle ne l'a jamais assez aimée !... Oh ! si elle était là, comme elle lui rendrait caresses pour caresses ! amour pour amour !...

Une nouvelle excentricité de Barbot vint arracher Edmée à ses douces rêveries de jeune fille... Fatigué de la poursuite d'un insecte qui semblait se faire un jeu de tourmenter le bon animal, tantôt lui bourdonnant aux oreilles, tantôt s'attachant à son nez, à son dos, à sa queue, Barbot se mit à tourner sur lui-même avec tant de promptitude et de violence, qu'Edmée crut un instant qu'il était devenu fou !... L'enfant songea d'abord à débarrasser le chien et parvint non sans peine à le délivrer de son ennemi... puis elle rit un instant de bon cœur de la rage impuissante du pauvre chien, et de l'air effaré que lui avait donné la peur.

—Comme ma bonne mère sera contente ! disait Edmée, en voyant que moi,

toute seule ! j'ai pensé au myosotis !... *Pensez à moi* ! c'est un doux langage !...
Eh puis... cette fois je ne suis plus cette petite fille qui ne songe à rien !... qui
oublie tout !... Oh ! cette fois, chère maman... vous êtes battue !...

La folle enfant fit tout haut un majestueux éclat de rire !

Et s'approchant du bassin le plus près possible... elle resta un instant immobile.

—Comme elles mirent dans l'eau leur jolie corolle bleue !... les coquettes petites
fleurs... dit-elle.

Et se baissant sur une des plus fraîches, elle allait la saisir, lorsque, perdant
tout à coup l'équilibre, son pied glissa sur l'herbe humide, et avant qu'elle eût pu
se retenir, avant qu'elle eût jeté un cri... elle roulait... dans le bassin la tête la
première...

Elle eut bientôt disparu sous la couche épaisse de vase verte et liquide qui
séjournait au bord de la pièce d'eau !...

C'en était fait de la pauvre Edmée, qui ne reparut plus !

Barbot, témoin de cette scène, mais qui d'abord avait cru que c'était de son
plein gré, et pour son plaisir sans doute, qu'elle était descendue dans l'eau, ne la
voyant pas reparaître, comprend le danger ! Alors, l'œil en feu, les oreilles dres-
sées, il se précipite dans le bassin !... plonge, cherche... saisit l'enfant par ses
vêtements... et l'a bientôt ramenée à la surface, où il la soutient quelques instants...

Mais voyant qu'elle ne fait plus aucun mouvement, le bon chien la traîne péniblement jusque sur les bords, où avec une grande peine il parvient à la déposer
dans l'endroit même où le moment d'auparavant il était couché à ses pieds !

Le bon animal lui lèche la figure et les mains... il essaye de la ranimer... tire ses
vêtements avec ses dents... soulève avec une de ses pattes son bras inerte qui
retombe sans mouvement... Edmée ne bouge pas... son visage a la pâleur de la
mort... Ses traits sont décomposés.

Alors Barbot pousse de sombres hurlements !... il aboie... pousse des cris de
désespoir !... appelle au secours !... mais on est loin du château !... et ses cris se
perdent au fond du bois !... Le bon animal ne sait à quel parti s'arrêter... il fait
quelques pas vers le chemin qui conduit à la maison du garde, et qui est le plus
près... mais il n'ose abandonner Edmée, vers laquelle il revient vingt fois pour la
quitter encore...

Barbot, sans doute, a calculé le danger !... car le voilà qui prend sa course dans
la direction du bâtiment... Il arrive haletant, ruisselant d'eau et de sueur !...
l'oreille et la queue basses, il recommence de lamentables hurlements, en relevant
la tête et portant ses yeux effarés sur les fenêtres de l'appartement.

La bonne douairière est assise dans son grand fauteuil, et la vieille gouvernante,
qui travaille à ses côtés, pose aussitôt le tricot qu'elle tient à la main pour savoir
ce qui peut déterminer, de la part du paisible animal, ces cris d'alarme et de
détresse !...

Mais les mères ont un sentiment d'inquiète tendresse qui leur révèle les faits par pressentiments ! et Mme de Castellane, occupée à quelques détails d'intérieur, en entendant ces cris, a deviné un malheur !... A peine a-t-elle le courage de s'écrier :—Mon Edmée !... ma fille !... Elle suit, en chancelant, le bon chien qui s'attache après elle, et l'entraîne sur le lieu où l'accident vient d'arriver !... Barbot n'a cessé ses aboiements que lorsque tous les domestiques prévenus, prennent l'avance, pour courir en toute hâte vers la pièce d'eau !...

Là... ils trouvent l'enfant toujours étendue sans connaissance !... Ses vêtements imbibés d'une eau verdâtre, les fleurs de *pensez-à-moi* qu'elle a arrachées, et qu'elle tient encore dans sa main crispée... tout dit assez à quel danger son imprudence vient de la livrer !

Mme de Castellane appelle sa fille à grands cris, l'étreint dans ses bras, et s'accuse de sa mort !...

Sans doute le désespoir, la douleur de cette tendre mère, ont vibré jusque dans le cœur de son enfant... car une légère nuance vient passer sur ses joues décolorées... Ses yeux s'entr'ouvrent... Edmée regarde tout ce monde rassemblé autour d'elle... cherche dans ses souvenirs !...

Elle tend les bras à sa mère, folle de joie...

—Mon sauveur !... mon sauveur !... s'écrie-t-elle en voyant Barbot près d'elle qui la regarde d'un œil plein de tendresse, et qui pousse des cris joyeux !

Quelques cordiaux administrés à propos ont rendu à l'enfant la force et la parole... Mais les domestiques ne veulent pas qu'elle retourne à pied au château... On lui fait une litière avec des branches d'arbres et du feuillage... et l'enfant est portée en triomphe par ces fidèles serviteurs, tous si contents d'un dénoûment qui pouvait ne pas être aussi heureux.

Arrivés sur le perron, on rencontre la bonne douairière, descendant inquiète, appuyée sur le bras de sa chère gouvernante... et voulant s'assurer elle-même de ce qui avait pu causer le bruit inaccoutumé qu'elle avait entendu !...

On lui raconta tout, mais avec ménagement, et en l'assurant d'avance qu'il n'y avait plus rien à craindre pour sa chère petite-fille, qui s'empressa de la rassurer elle-même ! Effectivement, l'accident de l'enfant n'avait pas eu d'autre suite qu'un long et profond évanouissement...

Le bouquet, cause première de tant d'inquiétude, fut rapporté soigneusement dans la corbeille, et, lorsque après quelques heures de repos Edmée vint l'offrir à sa grand'mère, bien surprise d'apprendre qu'elle était arrivée à la veille de sa fête ! il ne paraissait pas aux fraîches couleurs de la jolie enfant qu'elle eût couru un aussi grand danger !...

Edmée expliqua son bouquet allégorique à Mme la marquise de Castellane, qui fut charmée de la raison et du savoir de sa petite-fille, et qui pleura d'attendrissement lorsqu'elle sut que c'était en voulant lui donner de sa tendresse une preuve de plus, et en voulant ajouter une fleur bien connue dans son doux langage, qu'elle avait failli perdre la vie !

Les solennelles fusées, les lanternes de couleur et le tambour de la ville eurent un succès fou !...

Comme chaque année, les portes du parc furent ouvertes à tout le monde et des rondes joyeuses furent improvisées sur les gazons.

Dix pièces d'excellent vin furent tirées de la cave... montées sur leur affût... comme autant de canons de fête ! et ne contribuèrent pas peu à entretenir la gaieté des bons habitants de La Ferté-sous-Jouarre.

Barbot eut grandement sa part de la journée ; il fut caressé, choyé !... On lui garde une part dans l'histoire !... le bon animal n'en paraît pas plus fier !...

Quand l'époque du départ fut arrivée pour Edmée, sa maman obtint de la bonne marquise la faveur d'emmener avec elle l'intelligent Barbot, auquel on devait tant !

Quoique ce sacrifice fût pénible à la douairière, elle n'eut pas le courage de s'opposer à ce désir, et consentit à s'en séparer.

Edmée assure qu'il ne la quittera jamais ! et déjà l'on s'occupe de lui construire une niche confortable, doublée de satin bleu et ouatée comme la plus belle calèche de voyage !... Nous n'oserions affirmer le fait, n'ayant pu nous transporter sur les lieux pour le constater !

Quoi qu'il en soit, l'heureux Barbot ne l'habitera que la nuit, attendu qu'une libre circulation lui est accordée tout le jour dans les appartements de l'hôtel... sans visa et sans passe-port !...

Edmée devient chaque jour plus instruite et plus raisonnable, elle fera, comme sa mère, une femme accomplie !...

Un jour peut-être nous raconterons à nos petites lectrices, devenues grandes, quel époux aura choisi une telle femme, et les splendeurs d'une noce qui fera certainement époque au faubourg Saint-Germain !

En attendant, chaque année, si Edmée ne peut se trouver près de sa grand'mère le jour de son anniversaire, elle lui envoie un bouquet, peint ou dessiné de ses mains habiles, en y joignant quelques emblèmes que son cœur sait choisir parmi les plus touchants !...

Il va sans dire que la bonne marquise donne à ces heureuses fleurs la plus belle place dans son musée !...

Chaque fois qu'un nouveau visiteur arrive au château, elle ne manque jamais de le lui faire remarquer !... Et c'est toujours avec une vive émotion et des larmes dans les yeux qu'elle raconte l'histoire de la Saint-Jean ! de Barbot ! et du bouquet allégorique !

Mlle Gertrude a donné un successeur à Barbot, on le nomme Pyrame !

Le travail étendit la main et montrant au loin une modeste
cabane. Voilà dit-il où tu me retrouveras !

LA SAINT-NICOLAS

LLONS, mes bons amis, étudiez !... Je vous laisse ! N'oubliez pas que c'est demain la fête de votre excellent père ! et que le dialogue que vous devez lui répéter, composé exprès pour lui, est destiné à lui prouver votre tendresse... Toi, Jules, tu as bien besoin de t'appliquer, ton rôle est le plus long, et tu sais qu'à la répétition d'hier tu as été obligé de tenir constamment le cahier à la main... S'il en était ainsi demain, tu donnerais à toute la famille la mesure de ta paresse ordinaire !... et à ton père un grand chagrin... ne l'oublie pas !

En disant cela, Mme Bernard baisa au front chacun de ses enfants, comme elle en avait l'habitude, ferma doucement la porte du cabinet d'étude, abandonnant à leur raison Jules et Robert, pour se rendre au rez-de-chaussée, dans le magasin de mercerie dont elle était depuis vingt ans la propriétaire.

M. et Mme Bernard, à l'enseigne du *Rouet d'or*, étaient connus dans toute la rue Saint-Denis pour leur probité et l'excellence de la mercerie qui s'y débitait.

Négociants de père en fils, si cette modeste et honnête famille n'avait jamais déployé ni dans son commerce ni dans la façade de son magasin le luxe ruineux de notre époque, leurs marchandises étaient toujours de premier choix, et le débit en était tel, que, sans la tendre prévoyance de ces bons parents pour Jules et Robert, leurs deux enfants, ils eussent facilement pu quitter le commerce et se reposer; la fortune qu'ils avaient amassée étant, relativement à leurs goûts simples, plus grande qu'il ne le fallait pour y suffire.

Aussitôt que Mme Bernard eut rejoint le magasin, Jules s'assura d'abord si la porte était bien fermée, puis il posa son cahier sur la table, de l'air d'un petit flâneur fort peu disposé à profiter des recommandations de sa mère.

—Maman a bien de la bonté, dit Robert, le plus jeune des deux frères, avec un sourire moqueur et un léger mouvement d'épaule, de croire que tu vas étudier !... Je suis bien sûr que tu ne sauras pas mieux demain qu'aujourd'hui !...

—Bah !... D'abord, cela ne te regarde pas !... J'ai bien plus de temps qu'il ne m'en faut... je ne veux que me reposer un peu... tu sais bien que j'ai bonne mémoire, et quand je veux...

—Oui, mais tu ne veux jamais !...

—Tais-toi ! Robert, tais-toi ! ou je me fâcherai tout de bon... N'oublie pas que j'ai neuf ans, et que tu n'en as pas encore huit !...

Robert ne répliqua rien; il se mit dans un coin avec son dialogue, et comme Jules chantait à tue-tête, il se boucha les oreilles, en répétant tout haut son rôle à la façon des écoliers. La chanson que notre petit paresseux avait choisie ne l'amusa pas longtemps, mais deux jeunes serins, dont la cage était suspendue près de la croisée, égayés sans doute par sa voix jeune et perçante, se prirent à gazouiller de toute la force de leurs poumons !

—Tiens ! fit Jules en levant la tête... comme ils sont gentils nos petits oiseaux... Si je leur donnais un peu de liberté !... ça les amuserait... et moi aussi... C'est si bon la liberté !...

Là-dessus, notre petit flâneur grimpe sur une chaise, ouvre la porte de la cage, et voici les deux serins voltigeant dans la chambre, heureux d'un congé si libéralement accordé, car ils battent joyeusement des ailes, tantôt vont se poser sur la tête de Robert ou sur celle de son frère, tantôt du haut de la corniche élevée d'un meuble ils semblent les défier tous deux en chantant de plus fort en plus fort.

Puis ils viennent tout à coup s'abattre sur le dos du paisible Médor, le gardien de nuit du magasin, se faisant un nid de son poil soyeux... becquetant ses longues oreilles, les malins petits oiseaux ! C'est en vain que le bon chien secoue la tête, essaye de changer de place, il ne réussit qu'à provoquer l'hilarité de Jules et de Robert... Puis les deux oiseaux courent l'un après l'autre en véritables écoliers, faisant l'école buissonnière ! c'est une sorte de course au clocher, de chaise en chaise, de meuble en meuble.

Lorsque ce jeu eut duré quelque temps, Jules ne s'en occupa plus ! Ce fut le tour de Médor ! Le bon chien, qui veillait la nuit, dormait ordinairement tout le jour dans le cabinet d'étude de ses jeunes maîtres; c'était le lieu qu'il avait choisi de préférence, quoiqu'il y fût souvent bien tourmenté ! mais les animaux aiment et comprennent les enfants, c'est pour cela qu'ils supportent d'eux ce qu'ils n'endureraient pas des hommes.

—Médor ! cria Jules d'un ton plein de despotisme, Médor ! venez ici.

Il en coûtait beaucoup sans doute au pauvre animal d'interrompre ainsi son sommeil, car il fit un long bâillement... allongea une patte, puis l'autre... et il allait probablement se remettre paisiblement à dormir, quand un nouvel ordre, plus impérieux que le premier, le décida à obéir. Il plongea son regard dans celui de son jeune maître; il y avait une question, peut-être même un reproche dans les bons yeux du fidèle animal!...

Mais l'enfance est impitoyable... Jules n'en fut pas ému; il ne s'en aperçut même pas!

—Mon frère! hasarda encore Robert, mon frère! tu n'étudies pas? Pense donc à ce que nous a dit notre mère, et au chagrin que cela lui causera!

—Laisse-moi donc tranquille! puisque je te dis que je suis sûr de savoir!.. D'ailleurs, si nous étions en pension, nous serions en récréation aujourd'hui et demain! la Saint-Nicolas! c'est notre fête aussi, à nous!...

Alors, Jules fit un écriteau en gros caractère portant ces mots : *Paresseux*, *dormeur*, il l'attacha sur le dos du chien. Le pauvre Médor baissa la tête comme pour implorer sa grâce... mais aussitôt deux grandes cornes en papier blanc furent placées majestueusement dans son collier, l'une à droite, l'autre à gauche, dépassant la tête de toute leur hauteur... Oh! pour le coup la pauvre bête prit son attitude la plus humble... regarda son jeune maître... On eût cru voir une larme dans ses yeux... il eût attendri des pierres!... Le terrible enfant riait aux éclats!!

Robert, il faut bien l'avouer, avait fini par se laisser aller au mauvais exemple! il n'avait pu résister à l'entrain du moment...

Il aida lâchement son frère à lui ajuster tant bien que mal une casquette... puis une veste... Jules alla ensuite chercher une grande pipe algérienne qui appartenait à son père, et força le bon Médor à fumer... hélas! bien malgré lui. Alors chacun de nos espiègles le prit par une patte, s'obstinant à lui faire danser quelques graves redowas. Mais le chien, déjà très-contrarié de l'accoutrement dans lequel il se trouvait, provoqué et peut-être humilié par les éclats de rire des enfants, fit tout d'un coup mine de mordre à droite et à gauche, et profitant de l'instant de stupeur qu'il causait, il parvint à se dégager de leurs mains, en aboyant si fort que l'on eût dit qu'il appelait au secours! Une fois libre, il courut se cacher sous une grande armoire, où il était impossible de l'atteindre.

Ce fut le tour de Jules de trembler, car les aboiements du chien devaient avoir été entendus!... ils allaient amener quelqu'un; sa mère peut-être... et les serins qui pendant ce tapage couraient tout effarouchés dans la chambre, et que tous les efforts des deux enfants réunis ne pouvaient faire rentrer!...

Comment se tirer de là?...

La porte du cabinet s'ouvrit... Heureusement ce n'était que Jeannette, la fille du magasin... elle ne vit pas Médor... elle ne vit pas les oiseaux...

Les yeux inquiets de la bonne domestique ne cherchèrent que nos petits sournois, elle les trouva étudiant!... répétant à haute voix leur leçon avec une ardeur, une volubilité si merveilleusement hypocrite, qu'elle crut s'être trompée, et demanda ingénument ce qui avait pu provoquer le bruit que l'on avait entendu au magasin... Et comme une faute en entraîne toujours une autre, Jules, obligé de mentir, assura que personne, pas même Médor, n'avait bougé.

Jeannette était une bonne fille, bien crédule, bien dévouée à ses maîtres; elle ne soupçonnait pas le mensonge, elle qui se sentait incapable de mentir.

L'heure du second déjeuner était arrivée, tout le monde descendit, car c'était dans l'arrière-magasin que l'on prenait les repas, la vigilante mercière ne voulant pas confier un instant les intérêts communs à des mains étrangères.

Jeannette sortit la dernière, ayant fait passer les deux enfants devant elle; comme de coutume elle ne ferma pas la porte du cabinet, nul autre que la famille Bernard ne pénétrant dans cet escalier, qui n'avait d'autre issue que le magasin, on avait l'habitude de la laisser ouverte. Nos deux étourdis n'y songèrent même pas. M. Bernard, obligé de s'absenter souvent pour les affaires extérieures de son commerce, était parti ce jour-là de très-grand matin et ne devait rentrer que fort tard, heureux de pouvoir consacrer toute la journée du lendemain à sa chère famille. L'on était au milieu du repas, lorsque tout à coup l'on vit paraître Médor qui, après être longtemps resté dans sa cachette et se trouvant enfin débarrassé de son persécuteur, venait sans doute demander justice à sa maîtresse.

Le pauvre animal était entré tout d'un bond, et si brusquement, que d'abord Mme Bernard n'avait pu l'examiner... il avait encore les cornes sur la tête... le fameux écriteau de *Paresseux* sur le dos... la pipe à la... bouche; il traînait à sa suite le reste de la défroque, la veste et la casquette! et le pauvre chien, la queue basse, sentant derrière lui un objet qui le heurtait sans cesse et qu'il ne voyait pas, se prit à courir tout effaré, poussant des hurlements lamentables.

—Que veut dire cette mascarade? demanda sévèrement Mme Bernard aux deux enfants en reconnaissant Médor qui, exaspéré de frayeur, culbutait tout pour se fourrer sous la table auprès des pieds de sa maîtresse.

—C'est à vous, monsieur, ajouta-t-elle en regardant Jules qui rougissait et pâlissait tour à tour, c'est à vous que l'on devrait mettre cet écriteau de paresseux!... Nul autre ne peut avoir eu ici la pensée de tourmenter un pauvre animal et surtout de perdre ainsi le temps que vous deviez mieux employer!

Jules demanda pardon en avouant qu'il était l'auteur de cette plaisanterie; il avait l'air repentant. Mme Bernard était indulgente, et lorsque Jules l'eut bien assurée que sa répétition n'en souffrirait pas, elle consentit à pardonner en faveur de la fête du lendemain, et promit de n'en rien dire au bon père, que la paresse de l'enfant et sa légèreté avaient déjà trop souvent chagriné.

Mais voici qu'après avoir débarrassé le chien de tous les liens qui retenaient sa ridicule toilette, on se préparait à quitter la table, lorsqu'un groupe de passants arrêtés, l'œil fixé sur le grand tableau du *Rouet d'or*, fixa l'attention de Mme Bernard. On causait tout haut d'un événement qui avait lieu sans doute... mais ce ne pouvait être un accident, ni même quelque chose de grave, car les enfants couraient à droite, à gauche, paraissant poursuivre quelque chose qui leur échappait sans cesse. Puis c'étaient de grands éclats de rire !...

—Prends donc un grain de sel, dit un grand garçon en casquette, le vrai type du gamin de Paris.

—Puisque je vous dis, moi, que ce sont les serins de M. Jules et de M. Robert.

—Mes oiseaux ! s'écria Mme Bernard en courant à la porte, comment se seraient-ils envolés ? cela ne se peut ! Et levant les yeux, elle les aperçut tous deux bien effrayés, les pauvres petits, et perchés sur l'enseigne du *Rouet d'or*...

—Mais qui peut avoir ouvert leur cage ? Personne n'oserait, je pense, toucher...

Elle s'arrêta court, la bonne mère, car en regardant Jules elle venait de reconnaître le coupable. Ce ne fut qu'après bien des peines, après une longue perte de temps, qu'il fut enfin possible de faire rentrer nos petits inexpérimentés, qui, dans ce voyage périlleux, manquèrent dix fois de tomber sous la griffe du chat, d'être tués par un gros chien qui, se croyant à la chasse, voulait absolument rapporter ce gibier à son maître ; et enfin d'être noyés dans un grand baquet plein d'eau à l'usage du marchand de vin voisin... Ils en furent heureusement quittes pour un bain... Là se termina leur excursion vagabonde... On les ramena le cœur si ému qu'on le voyait battre à travers leur corsage, et ce ne fut qu'en se sentant réintégrés dans leur cage et à l'abri des regards curieux qu'ils reprirent un peu de calme.

Le gamin qui avait conseillé le grain de sel assurait qu'ils en auraient la jaunisse. Mais lorsque la bonne Mme Bernard eut songé au plus pressé, elle prit Jules par le bras, et l'interpellant avec plus de chagrin que de colère :

—Vous êtes incorrigible, monsieur Jules, lui dit-elle.

Et comme l'enfant s'avançait pour obtenir son pardon, Mme Bernard détourna la tête... Elle ne voulait pas que l'on vît une larme qui glissait sur sa joue ! Pauvre mère ! elle si bonne ! si tendre !

Jules le sentit, car il n'était pas méchant, il n'était qu'étourdi et par-dessus tout très-paresseux. En ce moment il eût donné tous ses jouets les plus beaux, ce qu'il possédait de plus précieux, pour racheter cette larme qu'il avait vue couler !... Oh ! cela est si affreux de faire pleurer sa mère !

Mme Bernard conduisit Jules dans un cabinet, non celui dans lequel les enfants avaient l'habitude d'étudier, mais dans un autre, situé au dernier étage de la maison, n'ayant de jour que par une croisée sur le toit, et servant à placer les objets de mercerie dont le débit était moins ordinaire ; elle y fit poser un lit, une cruche d'eau et du pain... tout cela sans lui parler... sans répondre à ses supplications, à ses prières !... C'est que lorsqu'un enfant a plusieurs fois manqué à sa parole, quelque bonne que soit sa mère, elle n'ajoute plus foi à ses promesses.

Mme Bernard savait d'ailleurs que Jules n'avait pas lu une seule fois le dialogue qu'il devait répéter le lendemain.

—Rien pour son père ! rien ! répétait-elle avec chagrin, pour son père si bon !... l'ingrat !... Vous resterez seul ici, lui dit-elle sévèrement. Voici votre cahier...

Si vous avez besoin de quelque chose, vous sonnerez, Jeannette montera.... Demain soir, nous allons tous au spectacle, en famille... C'est une surprise que vous ménageait votre père, c'était un beau jour pour tous !... Votre cousin Charles, votre cousine Ernestine seront de la partie... Vous n'y viendrez pas... Point de larmes !... Ma volonté est inexorable !... Telle est votre punition !

Jules allait se précipiter aux pieds de sa mère... mais déjà la porte se refermait... Alors ce furent des larmes, des sanglots à déchirer le cœur... un véritable désespoir ! car son repentir était sincère, le pauvre enfant ! C'était la première fois que sa bonne mère était sourde à ses prières ! il fallait qu'il fût bien coupable ! Il pouvait juger de la gravité de sa faute par la sévérité qu'elle avait déployée.

Il pleura tant, et tant, que ses yeux tout gonflés ne purent plus supporter le jour... il ne pouvait plus lire... Il essaya d'étudier, impossible !

Alors il s'étendit sur le lit qui avait été préparé pour lui... Il but un peu d'eau pour éteindre la fièvre qui le brûlait...

Le Ciel fut sans doute touché de ses larmes et de son repentir, car il lui envoya un calme bienfaisant... et une douce pensée jaillit de son cerveau.

—Demain, se dit-il, aussitôt que viendra le jour... je prendrai mon cahier, il n'y a que douze pages... Oh ! je les saurai bien vite... Qui sait ? maman me pardonnera peut-être !... elle est si bonne ma mère ! C'est à présent surtout que je sens combien je l'aime !

Jules poussa un gros soupir... Sa poitrine était oppressée... il se sentait brisé.

Bientôt il crut entendre sa porte s'ouvrir lentement... C'était son cousin Charles et sa petite cousine Ernestine... Ce qui lui parut fort singulier, c'est qu'ils lui firent signe de la tête, mais sans lui adresser la parole, ils le prirent chacun par un bras et le forcèrent à se lever... Et comme Jules allait s'écrier, ils lui mirent la main sur la bouche, et lui firent ainsi descendre l'escalier.

Arrivés en bas, ils trouvèrent une voiture à la porte ; il reconnut le cocher pour être celui qui conduisait la famille dans les promenades du dimanche. Le brave homme descendit de son siége aussitôt qu'il aperçut les enfants, il les aida à monter dans sa voiture et à s'y placer, toujours dans le plus profond silence.

Jules remarqua que son cousin Charles indiquait par des signes la route que sans doute il désirait prendre, puis on se mit en marche.

Ils roulèrent pendant quelque temps ; chaque fois que Jules voulait questionner son cousin, celui-ci faisait toujours le même signe en posant le doigt sur ses lèvres !

La voiture s'arrêta enfin, Jules reconnut qu'il était devant un petit théâtre des Champs-Élysées, et lut sur le frontispice ces mots en lettres d'or : « Théâtre d'Arlequin. Aujourd'hui la première représentation de *Paresse et Travail*, pièce féerique à grand spectacle. »

On entrait... on entrait en foule... Jules fut un peu effrayé de voir tant de monde et de se sentir coudoyé de tous côtés, car en petit garçon bien appris, il ne sortait jamais sans son père ou sa mère; il pensa que ses bons parents lui avaient ménagé le plaisir d'une surprise; mais il eut beau regarder de tous les côtés en les cherchant des yeux, il n'aperçut ni l'un ni l'autre !

Il se demandait encore s'il devait entrer, lorsqu'il se sentit poussé violemment, et pour ainsi dire porté jusqu'au premier rang, tout près de la scène, où il se trouva assis, entre sa jolie cousine Ernestine et son grand cousin Charles, et bien qu'ils s'obstinassent tous deux à garder envers lui le même silence, ils le regardaient de temps en temps avec un bon sourire, ce qui le rassurait un peu.

C'est Arlequin qui paraît d'abord avec son habit aux mille pièces, son masque tout noir... Une latte à la main, il frappe à droite, il frappe à gauche, il saute, il fait mille gambades, mille bonds plus gracieux les uns que les autres ! La taille mince de notre Arlequin est souple et flexible comme la tige d'un jeune peuplier.

Pour le moment, il est le père de la plus jolie petite fille que l'on puisse imaginer. Colombine a six ans, elle n'est pas plus grande qu'une poupée, elle est tout habillée de tulle brodé de paillettes d'or et d'argent; il faut la voir avec une couronne de bluets dans ses cheveux blonds, qui tombent sur ses épaules comme de longs écheveaux de soie !... Elle danse !... elle danse !... Ses pieds mignons ne touchent pas la terre... Elle s'enlace avec deux écharpes la jolie enfant... Elle s'entoure coquettement, arrondit ses petits bras au-dessus de sa tête... fait mille tours d'adresse, de passe-passe... Légère comme une fauvette, elle danse sur la corde sans balancier... et l'assemblée trépigne de joie et jette des bouquets de violettes à la pauvre petite saltimbanque ! qui le matin peut-être a été bien grondée, bien fatiguée des répétitions... et qui sourit comme si elle était heureuse !... Pourtant dans ce sourire on voit percer la crainte, car ses yeux sont fixés sur Arlequin, et à travers son masque noir on voit que celui-ci n'est pas toujours aussi satisfait que le public.

On la fait monter sur un cheval, si petit qu'il atteint à peine la hauteur d'une chèvre. Le petit poney, c'est ainsi qu'on nomme la race à laquelle il appartient, a des harnais tout dorés; il est noir comme la Nuit, son œil est ardent, il jette des flammes... Sa crinière est épaisse... Il s'élance, emportant l'enfant avec la rapidité de la flèche... Il tourne autour de l'arène, Colombine se laisse mollement bercer sur son dos, si souple, si gracieuse qu'elle semble se reposer sur un divan... Pourtant chacun a l'œil suspendu aux flancs de l'impétueux animal... On tremble... on palpite... au moindre choc on tend les bras ! comme pour la préserver...

—Assez !... assez !... crie-t-on de toutes parts... et les bravos et les trépignements retentissent de nouveau dans l'assemblée.

Pourtant l'enfant s'est relevée; debout, la tête fière, elle poursuit sa course en doublant le galop de son cheval, tenant d'une main la bride, de l'autre saluant l'assemblée et la remerciant de ses bravos par un charmant sourire.

On félicite Arlequin sur sa ravissante petite fille, et celui-ci profite de la circonstance pour faire les mimes les plus comiques à propos de son amour paternel.

Mais voici M. Polichinelle qui paraît à son tour... Il chante de sa voix la plus nasillarde... Il boit... il mange... c'est ce qu'il fait le mieux. Il annonce la pièce qui va suivre, et les débuts d'un jeune acteur de douze ans qui a tout quitté, tout abandonné, même la maison paternelle, pour se livrer à ce que Polichinelle veut bien appeler l'art dramatique... nous dirions, nous, la vie de bohème !

On nomme ce jeune garçon Pierrot; tout dans sa démarche, dans sa tenue, décèle la paresse et l'insouciance... Il entre en scène, mais bientôt il s'arrête... balbutie son rôle... Arlequin hausse les épaules, et malgré son masque noir, la colère brille dans ses yeux... Prends garde, pauvre Pierrot! tu pourras bien pleurer plus d'une fois la maison paternelle...

Mais voici de grands exercices de voltige qui vont commencer... Pierrot manque son premier tour... il manque le second... il n'est pas plus heureux au troisième... le public murmure...

On entend dans la coulisse Arlequin reprocher durement à l'enfant de ne pas gagner le pain qu'il mange... Le pauvre Pierrot commence à réfléchir... et à se demander si cette nouvelle carrière, que sa paresse lui a fait adopter, n'est pas plus triste et plus pénible que l'état de son père.

Il est trop tard ! pensait Jules... et il poussa un gros soupir.

Enfin il reparaît pour la quatrième fois; son entrée est saluée par une foule de quolibets fort peu encourageants... Réussira-t-il? ne réussira-t-il pas? On a tendu une longue corde, très-élevée d'un côté et rattachée au cintre du théâtre... C'est sur cette corde que doit monter l'enfant... chacun est dans l'attente.

Pierrot va monter... mais il a négligé d'apporter son balancier, il est resté avec les costumes... et le public attend... Il est obligé de se contenter de celui que lui présente un jeune acteur de la troupe.

Il monte... il monte assez lestement d'abord, et le public commence à croire qu'il s'est trop pressé de juger de son talent, mais arrivé au fait de son ascension, et lorsqu'il se prépare à descendre, le balancier, qui n'a pas les proportions exigibles, ne peut le maintenir en équilibre, et le malheureux enfant vient tomber au milieu de la salle, où il reste étendu sans mouvement.

—Il est mort ! il est mort ! crie-t-on de toutes parts.

Jules est saisi d'effroi... Arlequin est penché sur le corps et le regarde avec tristesse.

Une musique singulière sort tout à coup des entrailles de la terre ; ce sont des coups de tam tam, quelque chose de sombre, d'infernal... Une odeur de soufre remplit la salle; une femme d'une taille gigantesque, les cheveux en désordre, les vêtements souillés, apparaît sur la scène. Ses mains sont décharnées, son visage est hâve et jaune... Un horrible sourire erre sur sa bouche.

—Retire-toi, dit-elle à Arlequin... retire-toi, cet enfant m'appartient, je l'emmène... Et comme elle voit Arlequin hésiter :

—Je suis la Paresse, ajouta-t-elle en riant encore de son affreux sourire. Cet enfant était le fils d'un honnête ouvrier ; il a dédaigné le travail, et je lui ai fait abandonner ses parents pour se jeter dans tes bras !... Tu vois qu'il est le fils de mes œuvres... il m'appartient !

Déjà l'horrible Paresse avait soulevé la tête du pauvre Pierrot, déjà elle l'entraînait après elle pour le faire disparaître dans son antre, lorsqu'un nuage argenté vint planer au-dessus du gouffre, et l'on vit en descendre un génie radieux, beau comme Adonis, fort comme Hercule ; son air respirait le bonheur et la paix.

—Arrête, dit-il en s'avançant vers la Paresse ; et soulevant ses bras nerveux il lui jette un regard de défi.—Vois, lui dit-il, si tu peux lutter avec moi ! je suis le Travail ! la source du bonheur et des richesses. Par moi l'homme est heureux et sage... Je fais la force et la gloire des empires... regarde !

Et levant sa baguette magique, une riche pluie d'or couvrit aussitôt la terre.

—Cet enfant que tu crois pouvoir entraîner avec toi dans la demeure du vol et du crime, car tous les vices sont de ta famille, je le réclame !... Il ne te suivra pas !... car il n'a pas atteint l'âge où l'on ne se corrige plus ! Je le prends sous ma protection, il saura braver ta fatale influence !

La Paresse courba la tête, voila ses deux yeux de ses hideuses mains, et disparut comme elle était venue.

Alors formant un cercle avec sa baguette autour de Pierrot, on le vit se relever doucement, regardant autour de lui. En voyant s'enfuir la Paresse, l'enfant courut se réfugier dans les bras du génie.

Le Travail étendit la main, et, montrant au loin une modeste cabane :

—Voilà, dit-il, où tu me retrouveras ! Là seulement tu peux encore goûter le bonheur !

—La cabane de mon père ! s'écria Pierrot.

Et levant les mains au ciel, il remercia Dieu.

—Oh ! l'affreuse chose que la paresse ! voulut crier Jules en ce moment... où peut-elle nous conduire !...

Mais une sorte de cauchemar oppressait sa poitrine et arrêtait ses paroles au fond de son gosier... Il étendit les bras, ouvrit les yeux... Jules avait rêvé !...

Il était là couché sur son lit, dans la position où il s'était lui-même couché la veille tout habillé... Le chagrin qu'il avait éprouvé, les larmes qu'il avait versées, avaient provoqué ce sommeil fiévreux et incohérent qu'il avait pris pour une réalité et qui n'était qu'une réminiscence des pensées auxquelles il s'était livré en s'endormant.

A peine éveillé, Jules s'agenouilla sur son lit, et, comme le pauvre Pierrot, il pria Dieu avec ardeur pour attendrir le cœur de sa mère.

Le soleil jetait déjà quelques rayons dans la chambre du petit prisonnier. Il vit une tasse de lait que sa bonne mère avait apportée, pendant son sommeil sans doute, car il n'avait rien entendu.

Il prit son cahier, le cœur plein de repentir, mais confiant dans l'indulgence et dans l'amour de ses parents, et, au bout d'une heure, Jules savait par cœur, sans faire une seule faute, le dialogue qu'il devait réciter le soir même.

Il n'était pas encore huit heures du matin, lorsque l'enfant, tout palpitant de crainte, tira le cordon de la sonnette... Jeannette allait monter!

Ce ne fut pourtant pas Jeannette qui monta, mais la bonne Mme Bernard. Son visage était plus triste encore que sévère; il en coûte tant aux mères de punir les enfants!

—Ma mère!... ma bonne mère!... s'écria Jules. Oh! pardon! pardon!...

Et, se jetant aussitôt en bas de son lit, il baisa ses genoux et les inonda de ses larmes.

En voyant sur le visage de son enfant bien-aimé la trace des larmes et des fatigues de cette fiévreuse nuit, la bonne Mme Bernard se reprocha un instant d'avoir été si sévère.

Jules raconta ses remords, ses chagrins, son rêve... et enfin son réveil et ses bonnes résolutions. Et apportant son cahier à sa mère, il lui récita, sans faire une seule faute, les douze pages de dialogue.

—Tu ne diras rien à papa, n'est-ce pas, ma bonne petite mère? dit Jules de sa voix la plus câline.

Pour toute réponse Mme Bernard embrassa son fils. Un instant plus tard, la porte s'ouvrait devant le petit prisonnier repentant. Radieux, il descendait l'escalier, en pressant doucement sous le sien le bras de son indulgente mère.

La Saint-Nicolas fut sans nuage, et la fête de cet estimable père de famille fut marquée par un bonheur parfait.

Cette fois, ce ne fut pas un rêve qui conduisit Jules et Robert au spectacle des Funambules. Le grand cousin Charles et la petite cousine Ernestine furent aussi, comme dans le rêve de l'enfant de la partie.

Jules ne put jamais effacer de sa mémoire ce songe allégorique, et lorsqu'il se sentait moins disposé à travailler que de coutume, il pensait à ce génie si puissant, si heureux et si riche que l'on nomme le *Travail*.

Jules et Robert succédèrent à leur père dans le commerce de mercerie; ils ne changèrent rien à l'extérieur du magasin et gardèrent avec un respect tout filial l'enseigne du *Rouet d'or*, source de leur bien-être et de la belle fortune qu'ils devaient posséder un jour.